잘 가세나요 . ㅁㅐ 인생

잘 지내나요, 내 인생

최강소윤 에세이

성공도 없고 실패도 없어요.
우리는 각자의 삶을 살고 있을 뿐이니까요.

당신은 오늘도 잘 살았습니다

bodabooks

여행, 이토록 무의미한 아름다움이여.

시간이 흘렀다. 나는 아직 공항이 낯설고, 비행기의 유연한 이륙을 볼 때마다 이토록 거대하고 무거운 쇳덩이가 어떻게 하늘에 떠 있을 수 있을까 하고 궁금해한다. 비행기는 고래와 닮았고 고래의 등에 올라타고 다른 세상으로 헤엄쳐 가고 싶다. 그곳에는 우리와 다른 언어를 발음하고 다른 눈빛을 가지고 다른 향신료를 음식에 뿌리는 사람들이 살고 있을 것이다. 내가 가장 사랑하는 순간은 이륙의 순간이고 나는 여전히 낯선 사람이 되고 싶다.

/

돌아갈 곳이 없었다면 나는 떠나지 않았을 것이다. 여행하는 내내 당신의 따스한 등을 그리워했고 당신의 손을 잡고 싶었다. 당신의 팔꿈치를 잡기 위해 무심코 뻗은 손. 그곳의 텅 빈, 차가운 공기. 지구 어딘가에 바닷물이 한없이 떨어져 내리는 폭포가 있다고 한다. 세상에서 가장 외로운 풍경. 여행은 내게 외롭다는 걸 가르쳐주었고 그 외로움이 결국 당신의 부재로 인한 것임을 알게 됐다.

/

나이가 들면 자연스럽게 알게 되는 것들이 있다. 행운 만으로 일이 굴러가진 않는다는 것. 일의 대부분은 하기 싫어도 해야 하는 일이라는 것. 원고도, 달리기도, 플랭크도 모든 것이 고통스럽다. 고통은 지나가지만 결과는 남는다. 그 생각으로 버틴다.

/

여행은 우리 마음속에 아름다움이 남아 있다는 것을 확인시켜준다. 새벽 안개 가득한 거리, 홀로 걸어가는 노인의 뒷모습을 바라보며 눈물을 글썽였던 비엔나의 11월. 내겐 마음이 아직 남아있구나. 나를 글썽이게 만드는 이토록 무의미한 아름다움이여.

/

여행을 하며 나는 세상과 상관없는 일이 되어가고 있다. 폭포는 끝없이 낙하하고 폐허는 점점 아름다워지고 있다.

/

어쩔 수 없잖아요, 우린 모두 처음 살고 있으니까요.

차례

3. 가장 빠른 달팽이처럼

4. 공항이 그리운 밤

5. 세상과는 무관한 사람

1.
생을 향한
고단한 로맨스

오늘이
내 삶의 전부

누구나 그렇게 이야기하죠.
조금만 더 일찍 시작했더라면······.

하지만 그랬더라도 우리 삶이 그다지 달라지지는 않았을 거예요.
오히려 너무 빨리 지쳐 버렸을지도 몰라요.

우린 우리가 어제 한 일을 너무나 잘 알고 있지만 그걸 바꿀 수는
없잖아요.
내일에 대해서는 아무것도 아는 것이 없어요.
그러니 지금 이 순간에, 오늘에 최선을 다하면 되는 거예요.

오늘이 내 삶의 전부예요.

다
짐

아침에 눈을 떴을 때
스스로에게 다짐하는 건
'잘해 보자', '열심히 해 보자' 이런 게 아니라

조금만 너그러워지자.

어제보다 하루만큼 더 살아왔으니까 말이다.

어느 밤,
어떤 이의 센티멘털

눈 내리는 소리를 들었다.

베란다로 나가 눈 오는 소리를 듣다가
거실로 돌아와 불을 켜고
〈근역서화징〉을 들추다가
맥심 커피 한 잔 연하게 타 마시고
앨범을 뒤적였다.

시냇물, 연못, 감나무잎, 파도, 오솔길, 진눈깨비, 풍향계, 나비들
이 있었구나.
지금까지 나는 이런 것들과 함께 살고 있었구나.

어느새 눈은 그치고
커다란 달이 나를 내려다본다.

(잠시 실망한 마음은 멘델스존으로 달래며)

어떤 이는 살아오는 동안 손톱이 뭉툭해졌고

잊은 이들이 많았으며
아무 커피나 그럭저럭 마시는 법을 알게 되었다.
'그 어떤 이는 눈 그치고 큰 달이 뜬 이런 밤에 팔짱을 따뜻하게 낄 수 있는 여자를 그리워했다'라는 문장을 노트에 적고 잠시 외로워했다.

창밖에 밤이 깜빡이고 있다.
언젠가 여행이 끝날 것이고 눈물이 마를 것이다.
그런 날이 올 것이다.

커튼을 닫고 침대에 들며 나는 훗날
'그 시절 내가 할 수 있었던 일은 견디는 것뿐이었다'로 시작하는 짧은 소설을 쓸지도 모르겠다고 생각했다.

이
만
하
면

그
럭
저
럭

멋진 스포츠카는 아니지만, 아직 5만 킬로미터밖에 달리지 않은 자동차가 있고

완전한 내 것은 아니지만, 살아갈 만한 조그만 아파트가 있고

비싸지는 않지만, 결혼식에 입고 갈 만한 슈트가 있고

최고급은 아니지만, 한 달에 얼마 정도는 돈을 벌어다 주는 카메라가 있고

최신형은 아니지만, 포토샵이 잘 돌아가는, 사과 로고가 박힌 컴퓨터가 있고

자전거 동호회에 당당하게 가입할 만큼 좋지는 않지만, 호수공원에서 타기엔 전혀 모자람이 없는 붉은색 자전거가 한 대 있고

아메리카노 한 잔을 시켜놓고 하루 6시간을 앉아 있어도 눈치를 주지 않는 단골 카페와 계란 프라이 하나를 슬쩍 얹어 주는 단골 밥집이 있고

책장에는 아직 읽지 않은 책이 가득 쌓여 있고

냉장고에는 며칠 동안 먹을 수 있는 통조림과 몇 가지 채소와 생선이 들어 있고

친한 이탈리아 요리사가 있어 파스타와 와인을 때로 공짜로 먹을 수 있고

그리고 지금 내 지갑 속에는 한두 달 정도 아무 일을 하지 않고도 버틸 수 있는 약간의 돈이 들어 있는 현금 카드와 이틀 후 방콕으로 출발하는 비행기 티켓과 로또 한 장이 들어 있다.

어때, 이만하면 그럭저럭 괜찮지 않아?

새 차를 사서 어디론가 휘리릭 떠나고 싶은 날들이
계속되고 있고 돈은 여전히 부족하다.

좋은 사진을 찍고 좋은 글을 써야지 하고 마음을 먹다가도
마지막엔 결국 돈을 좀 더 벌어야겠다 라고 생각하게 된다.

돈이 생기면 하고 싶은 일을 더 잘할 수 있고
하고 싶은 새로운 일도 생기지 않을까.

우리가 추구하는 본질을 계속 추구할 수 있게 해 주는 건
세속적인 욕망이고
세속적인 욕망의 실체는 결국 돈이다.

우리 조금만 더
서로를 바라보자

파이팅!!! 같은 건 하지 말자.
그런 거 안 했지만 우린 지금까지 열심히 잘 달려왔잖아.

최선을 다하려고도 하지 말자.
그것도 하루 이틀이잖아.
매일매일 죽을 힘을 다해 달리려니까 다리에 쥐 난다.
지친 것 같다.

조금은 적당히.
조금은 대충대충.

좀 걸어 보는 건 어떨까.
걸으며 손도 잡고 주위도 돌아보고 그러자.

오늘부터는 하고 싶은 것들을 조금씩 하면서
갖고 싶은 것들을 하나씩 가져가면서
생각하고 싶은 것들을 더 많이 생각하면서.

가령, 10년 전 당신과 함께 눈을 맞던 저녁의 그 골목이라던가, 꼭 갖고 싶었던 필름 카메라, 가스레인지 위에 올려 두고 싶었던 노란 포트, 우리가 조용히 어깨를 기대고 바라보았던, 지난 6월의 노을……. 언젠가 꼭 가게 될 것이라고 예감했던 지도 위의 어느 작은 도시를 생각해 보는 것도 좋을 것 같아.

아, 아무튼 이런 것들. 오늘부터는 이런 것들 조금씩 생각하면서, 하나씩 해 가면서 살자. 그러자.

시간은 지금도 지나가고 있잖아.
우리가 가진 시간이 조금씩 조금씩 줄어들고 있잖아.

매일매일 우린 사라져 가고 있으니까.
우리 조금만 더 서로를 바라보자.

새벽 두 시에
잠들어 세 시 깨는
것만큼이나 힘든 일

원고료와 인세가 들어온 날.
적지 않은 돈인데 돈은 내가 만져 볼 사이도 없이 사라져 버린다.
대출 이자, 자동차 할부금, 보험료, 밀린 수도세와 전기 요금, 가스
요금, 휴대전화와 인터넷 요금 등등으로 순식간에 빠져나간다.

마음은 금세 꾀죄죄해지지만
그래도 약간의 돈이 남았다는 것을 위안으로 삼는다.

자, 이제 이 돈으로 뭘 할까.
일단 자장면부터 한 그릇 시키고 인터넷 서점에 들어가
책 다섯 권을 주문한다.
오래전부터 갖고 싶었던 렌즈도 장만하는 거다.

그리고 음······. 암스테르담행 항공권과 스쿠터, 새 배낭과 랩톱은
다음 기회로 미룰 수밖에.
워커도 좀 더 신을 수 있을 것 같다. 후드티는 굳이 사지 않아도
될 것 같아. 새 윈드 스토퍼는 필요한데······.

내가 갖고 싶은 것을 갖는 일은 분명 쉽지만은 않다.
하지만 오래전부터 갖고 싶었던 것을 포기하는 일, 그것 역시
새벽 두 시에 잠들어 세 시 깨는 것만큼이나 힘든 일이다.

Mr. '하지만'

쓰고 싶지 않은 원고 하지만, 어쩔 수 없이 써야만 하는 원고.
만나고 싶지 않은 사람 하지만, 어쩔 수 없이 만나야만 하는 사람.
참석하고 싶지 않은 술자리 하지만, 어쩔 수 없이 참석해야만 하는 술자리.
보고 싶지 않은 영화 하지만, 어쩔 수 없이 봐야만 하는 영화.
먹고 싶지 않은 음식 하지만, 어쩔 수 없이 먹어야 하는 음식.
가고 싶지 않은 곳 하지만, 어쩔 수 없이 가야만 하는 곳.

'하지만' 해야 하는 것들,
'어쩔 수 없이' 해야만 하는 것들,
그런 것들이 너무 많다.

거절은 왜 이토록 힘든 것일까.
거절을 쉽게 할 수 있다면 사는 게 열 배는 쉬워질 텐데.

어쨌거나 봄이 왔어

봄이 오고 있나 보다. 베란다에 내리는 아침 햇빛이 한결 투명해졌다. 창가에 놓아둔 꽃기린 화분에서 아기 손톱만 한 꽃이 피었다. 두 송이다. 하나는 주홍빛이고 하나는 짙은 빨강이다. 무성한 초록색 잎 사이에 수줍은 듯 피어 있다.

아침에 일어나 가장 먼저 하는 일이 꽃 핀 화분을 바라보는 것이다. 행복하고 기분 좋은 일이다. 그럭저럭 괜찮은 삶을 살아가고 있다는 기분이 든다.

오늘은 토요일이다. 아홉 살 난 아이는 학교에 가지 않는다. 8시쯤에 일어난 아이는 부스스한 머리로 식탁에 앉아 사과 주스를 홀짝거리며 책을 보고 있다. 아내도 늦잠을 잤다. 힘껏 기지개를 켜며 방문을 열고 나온다. 벽에 걸린 시계를 보며 "벌써 아홉 시네" 하고 부스스한 목소리로 말한다. 그리고는 아이의 머리를 한 번 쓰다듬은 후 아이의 맞은편에 앉아 턱을 괴고 아이를 바라본다.

"아들, 오늘 뭐 할까?" 아내가 아이의 볼을 쓰다듬으며 묻는다.
"글쎄." 아이는 책을 바라보며 말한다.
"뭐, 재미있는 일 없을까."

"재미있는 일?" 아내는 골똘히 생각에 잠긴다. 베란다로 쏟아져 들어오는 아침 햇살에 눈이 부시다.

"소풍 가자." 내가 아내와 아이에게 말한다.

식탁에 앉아 있던 두 사람이 눈을 동그랗게 뜨고 동시에 말한다.

"소풍? 좋아. 소풍 가자"

게으름으로 가득하던 아침 주방이 바빠진다. 아내는 치즈를 자르고 오이와 토마토를 썰어 샌드위치를 만든다. 아이는 피크닉 매트와 컵 등 소풍에 필요한 이것저것을 마루 바닥에 늘어놓는다. 책과 지난해 생일에 선물한 폴라로이드 카메라를 가방에 넣는 것도 빼놓지 않는다. 나는 MP3와 소형 스피커를 가방에 넣는다. 그렇게 20여 분 만에 후다닥 소풍 준비 끝.

내 사는 집은 파주에 있다. 출판단지와 가깝다. 자유로를 타고 30분만 가면 한적한 시골 풍경이 펼쳐진다. 동네를 벗어난 자동차는 가벼운 봄 공기를 뚫고 미끄러지듯 달려간다. 끝없이 이어지는 논과 드문드문 서 있는 나무들. 끝나지 않을 것 같던 겨울도 끝이 났구나.

어느 마을의 경계 표지판을 지나며 차창을 내린다. 따뜻한 바람이 밀려온다.

"꽃들은 세상에 나와야 하는 때를 어떻게 아는 것일까?" 아내는 창밖을 보며 무심하게 중얼거린다. 동백이며 매화, 벚꽃……. 곧 세상 여기저기에 난분분 꽃잎이 흩날릴 것이다.

어느덧 날씨는 배부른 고양이처럼 순해졌다. 나뭇잎에서 튕겨 나온 봄의 햇살은 설탕 가루를 뿌려 놓은 듯 반짝인다. 소풍을 떠난 가족의 마음은 풍선처럼 부풀어 오른다. 나는 룸미러를 통해 아내와 아이의 얼굴을 슬쩍 훔쳐보고, 안도한다. 아내와 아이의 얼굴은 편안하다. 나는 아내를 향해 말한다.

"어쨌거나 봄이 왔어."

힘든 시절은 지나갔다.
살다 보면 설명할 수 없는 일, 굳이 설명을 안 해도 되는 일이 많이 생겨난다.
그것들은 단지 지나가는 일일 뿐이다.

어쨌거나 봄이 왔다.
봄은 추운 겨울을 견딘 자에게 오는 선물이다.

한
해
정
리

올 한해 나는 182권의 책을 읽었고 약 4만 킬로미터를 여행했다.
4500매가량의 원고를 썼고 책 1권을 펴냈다.
몇 컷의 사진을 찍었는지 몇 곡의 음악을 들었는지는 모르겠다.

다이어리를 보니 125번의 약속이 있었으며 그 가운데 13번을 지키지 못했다.
그러는 사이 5권의 수첩을 사용했다.

돈은 여전히 없었고 두 개의 화분이 시들었다.
가슴 아픈 이별은 없었으니 그나마 다행이다.

사고 싶은 것은 많았으나 사지 못한 것이 더 많았다.
하지만 별로 아쉬워하지는 않는다. 언제나 그랬으니까.

다행한 일은 새롭게 만난 사람이 나를 떠난 사람보다는 약간 많았다는 것이다.
(떠난 사람을 웃으며 다시 만나고 싶다는 바람 같은 건 없다.)

가장 기억에 남는 일 따위는 이야기하지 말기로 하자.
당신도 그렇다시피 그런 건 만들지 않으며 살기로 했잖아.

내년에는 글쎄, 올해보다 좀 더 가고 싶은 곳이 많았으면.
갈 수 있는 곳이 많아졌으면.
커피에 대해 좀 더 알게 됐으면.

괜찮아,
괜찮아질 거야

괜찮아. 괜찮아. 괜찮아질 거야.

어차피 시간은 기차처럼 지나가 버릴 테니까.
걱정과 나쁜 기억을 싣고 지평선 너머로 사라져 버릴 테니까.

기차가 지나간 자리엔 노을이 남겠지.
길고 긴, 짙고 짙은 노을.

그리고 네 옆엔 내가 있잖아.
난 아직도 널 사랑하고 있는 걸
첫 마음 그대로 널 사랑하고 있는 걸.

한숨 푹 자도록 해.
땅속 깊이 묻어 놓은 꽃씨처럼.

자고 나면 네 어깨 위에는 따스한 햇빛이 내려앉고
모든 게 제자리로 돌아와 있을 테니까.

아들과 함께
칼국수를

일곱 살 혹은 여덟 살 무렵, 아버지와 함께 목욕탕에 가는 것이 큰 즐거움이었다. 어릴 적 내가 살던 곳은 경남 김해의 어느 시골 마을이었다. 읍내에 있는 목욕탕에 가려면 아버지의 125cc 오토바이를 타고 30분은 넘게 가야 했다.

당시의 목욕탕은 지금처럼 현대적인 시설을 갖추고 있지는 않았다. 온탕과 냉탕이 덩그러니 있을 뿐이었고 모래시계가 놓여 있는 사우나 같은 것도 없었다. 하지만 당시의 목욕탕에는 어떤 '아늑하고 친밀한 기운'이라고 부를 수 있는 것이 존재하고 있었다. 굳이 표현을 하자면, 겨울밤 두툼한 이불을 덮었을 때의 그런 기분을 느낄 수 있었다고나 할까. 아버지가 목욕을 하고 있는 동안 나는 김이 뽀얗게 서린 거울에 손으로 그림을 그리기도 하고 냉탕에서 첨벙첨벙 물장난을 치기도 했다.

아버지는 외항 선원이었다. 배를 타고 전 세계를 돌아다녔다. 목욕탕에 가는 날은 아버지에게서 세계 곳곳의 이야기를 들을 수 있는 날이었다. 하와이에는 야자수가 지천으로 널려 있고 달콤한 야자 열매를 마음껏 먹을 수 있다는 이야기를 들었다. 커다랗고 아

름다운 다리가 놓여 있다는 샌프란시스코라는 도시도 그때 알았
다. 브루나이라는 곳에 가면 라면 한 봉지와 바나나 한 다발을 바
꿀 수 있다는 이야기에 놀라기도 했다. 바나나가 귀하던 그때 정
말이지 브루나이에 가고 싶었다.

목욕이 끝나면 아버지는 아들을 전자오락실에 데려다 주셨다.
100원이면 게임 두 번을 할 수 있었다. 아들이 오락을 하는 동안
아버지는 오락실 바깥에서 기다렸다. 오락실을 나와서는 시장 한
편에 있는 칼국수 집으로 갔다. 손으로 뽑은 면을 멸치 국물에 담
고 깨소금과 김 가루를 뿌려 내는 집이었다. 한 그릇에 300원 정
도였을 것이다. 칼국수 집에서 아들은 아버지에게 물었다.

"아빠 언제 배 타러 가?"
"내일."
"그럼, 언제 와?"
"100밤 정도 자고 올 거니까 엄마 말 잘 듣고 있어야 돼. 아빠가 선
물 많이 사 가지고 올게."

어쩌면 그때, 아버지가 나를 데리고 목욕탕에 가고, 오락실에 가
고, 칼국수를 나눠 먹은 건 당신께서 아들과 함께하는 나름의 이
별 의식이었을지도 모르겠다. 아마도 아버지는 먼 여행을 떠나기
전, 아들이 얼마나 자랐는지를 확인하고 아들의 모습을 기억하고
싶어 목욕탕에 데려간 것이리라. 아이가 좋아하는 것을 해 주고
싶어 오락실에 데려간 것이리라. 아이와 함께 음식을 나누고 싶어

아이가 좋아하는 칼국수 집으로 간 것이리라.

세월이 흘러, 그때의 아들은 아버지가 되었고 세상 이곳저곳을 떠돌아다니는 여행작가가 되었다. 그리고 긴 출장을 앞두고 여행작가인 아버지는 일곱 살 난 아들을 데리고 목욕탕에 가곤 한다.

오늘 아들과 함께 목욕탕에 갔다. 아들은 어릴 적 아버지가 그랬듯 김이 서린 거울에 손가락으로 그림을 그리며 놀았다. 그리고 우리는 30년 전의 아버지와 아들이 그랬듯, 거울 앞에 나란히 앉아 머리를 감고 얼굴을 씻었다.

"아들, 아들이랑 아빠 중에 누가 더 잘 생겼어?"
"음……, 아빠."
"왜?"
"아빠는 수염이 멋있어."

지금의 아버지와 아들은 30년 전의 아버지와 아들이 그랬던 것처럼 목욕을 마치고 집 근처 칼국수 집으로 갔다. 30여 년 전의 아버지가 그랬던 것처럼 아들 역시 칼국수를 좋아한다. 칼국수를 먹으며 아들이 물었다.

"아빠, 내일 출장 가? 언제 와?"
"한 달 있다가 돌아올 거야."
"선물 많이 사 가지고 와야 돼."

늦은 밤이다. 아들은 곤히 잠들어 있다. 잠이 오지 않아 베란다에 나갔는데 눈이 내린다. 거실로 돌아와 불을 켜고 이런저런 책을 들추다가 커피가 마시고 싶어 주방으로 간다. 주전자에 물을 담아 끓이고 커피통을 열고 스푼으로 가루 커피를 떠서 컵에 담는다. 그런데 손에 쥔 티스푼이 어릴 적 아들이 쓰던 숟가락이다. 아들의 조그만 숟가락이 커피 스푼이 되었다. 아이는 어느새 훌쩍 자라서 어른들이 사용하는 큰 숟가락으로 밥을 먹고 있는 것이다. 세월은 흐르고 나는 아버지가 되었다.

내 아들의 아들도 칼국수를 좋아할지…….

겨울 바다,
혹은 삶의 리얼리티

솔직하게 인정하자. 현실은 언제나 당신이 기대하는 것보다는 엉망이고, 당신이 아무리 극진하게 살아도 당신의 생은 여전히 고달프고, 게다가 나아질 기미는 그다지 보이지 않는다는 사실. 떠나간 사랑이 돌아올 확률은 아파트 당첨 확률보다는 낮다는 사실.

결국 당신은 아파하고 슬퍼하지만, 그래도 그럭저럭 이 지난한 생을 견뎌내고, 살아내는 까닭은 당신이 스스로를 위로하는 방식 하나쯤은 어렴풋이나마 알고 있기 때문이리라. 그리고 가장 흔하면서도 손쉬운 방법이 아마도 여행일 테고.

그래서 당신은 여행을 작심하고 그 순간, 가장 먼저 바다를 떠올릴 테지. 광폭한 파도, 눈부신 햇살, 끊어질 듯 이어지는 아득한 수평선, 그 너머에서 불어오는 차갑고 짠 바람, 포구의 비린내, 포구에 뒹구는 사람의 악다구니……. 당신 혹은 우리의 생이 잊고 있었던, 그래서 갈망하고 있었던, 촉각과 후각과 미각, 시각에 대한 몸서리치는 리얼리티의 형용사들이 생생하게 우글거리는 그곳, 바다. 그곳에서는 적어도 당신이 살아 있고, 살아가고 있고, 또 살아가야 한다는 것을 어렴풋하게나마 깨닫고 확인할 수 있을 테니까.

지금 당신은 겨울 바다에 가려 한다. 바다에서는 꽁치 한 봉지를 사자. 내일 아침은 따뜻한 쌀밥과 노릇하게 구운 꽁치를 식탁에 올리자. 당신은 먼 길을 달려 바다까지 왔으니까. 지금까지 그럭저럭 살아왔으니까, 적어도 당신에게는 최선을 다했으니까, 꽁치 한 봉지 정도는 살 자격이 충분히 있다.

꽁치 살을 바르며 이렇게 생각하자. 떠나간 사랑을 그리워하며 꽁치를 구워 먹을 수도 있는 것, 그게 우리 삶의 리얼리티라고. 맹목적이고 본능적이고 속물적인 것. 그게 삶이라고.

당신은 지금 피식, 웃음이 나오려 하고 있다.

여기는
참 낯선 별

며칠간 이어진 마감을 겨우 끝내고 이마트에 갔다.
3300원을 주고 양은냄비 하나를 샀다.

비닐봉지에 냄비를 담고 건널목을 건너 집으로 오는 동안
밥이 끓듯 마음이 보글거린다.

구두코 위로 떨어지는 낙엽, 낙엽들.
어느새 가을이 가고 있었고
나는 잠시 마른 장미 덤불 앞에 걸음을 멈추고
이 덤불에 새의 지저귐이 머물렀던 때는 언제였을까를 궁금해했다.
그러다 무심코 올려다 본 하늘.
기러기의 행렬이 지나고 있었고
나는 설원을 가로지르는 시베리아 횡단 열차를 떠올렸다.

이곳에 너무 오래 머물고 있는 건 아닐까.
기러기가 사라진 하늘의 한끝을 바라보며
아직 시베리아 횡단 열차를 타본 적이 없다는 사실에 마음은

100g 정도 우울해졌다.

집으로 돌아와 지도를 펼쳐 놓고 가야 할 곳을 찾았지만
이내 포기하고 말았다.
더 이상 이유가 없는 여행 따위는 만들고 싶지 않아.
내 방은 낯선 언어로 쓰인 지명처럼 당혹스러웠고
나는 양은냄비를 애인처럼 어루만졌다.

겨울에는 석유 곤로가 하나쯤 있으면 좋겠다.
첫눈과 겨울 모과나무와 대관령의 바람 소리를 주저리주저리
담고
밤새 냄비를 데웠으면 좋겠다.
(음악은 슈베르트의 밤과 꿈을 들어야겠지)

생은 점점 적막해져 가고
가고 싶은 곳도 점점 줄어들고
여기는 냄비뚜껑이 달그락거리는 낯선 별이다.

인생은 어쩌면

창밖으로 스치는 풍경을 보고
수첩에 메모를 하고
음악을 듣고
책을 읽고
낯선 곳에서 잠을 자고
두고 온 사람에게 엽서를 쓰고
밤하늘을 바라보며 나를 지켜주는 별자리를 찾아보기도 하고
옆자리에 앉은 사람에게 어깨를 빌려주기도 하고
그러다 사랑에 빠지기도 하고.

그리고 울겠지, 아마도 울겠지.
잠깐 눈물이 그치고
또 울겠지.

생을 향한 나의 고단한 로맨스.
인생은 어쩌면 이게 전부일 수도 있다고.

2.
창밖의 모든 풍경이
그리운 날

오늘은 창밖의
모든 풍경이 그리운 날

오늘은 감나무 아래 쌓였던 첫눈이 녹은 날.

책상 위에 놓아둔 사과껍질이 마르는 소리를 들은 날.

파블로 카잘스의 'song of the birds'를 듣고 또 들은 날.

오늘은 당신의 잠든 손바닥 위에

연보랏빛 구름, 농밀한 꽃, 조약돌처럼 조그만 여자라고

슬며시 적어 본 날.

오늘은 창밖의 모든 풍경이 그리운 날.

아주 먼 곳에서부터 달려온 기차 소리를 듣고 가슴 한쪽이 먹먹해

진 날.

나의 떠남은 선택이 아니라 운명임을 깨닫게 된 날.

그러고 보니 오늘은 당신에게 처음으로 어깨를 빌려준 지 103일

째가 되는 날.

버리지 못할 것이 점점 쌓여 간다는 것을 깨닫게 된 날.

미련이 있다면 아직도 가 보지 못한 곳이 많다는 것.

그리고 당신을 충분히 사랑하지 못했다는 것.

내가 없더라도 당신은 생을 꼭 껴안을 수 있기를.

오늘은 이렇게, 당신 몰래, 입속으로 중얼거려 본 날.

우리가 사랑, 하고 발음했을 때

우리 목을 진동시키는 가벼운 떨림 같은, 가슴 속에 가득 번지던 구름을 닮은 뭉클거림 같은, 이마에 스치던 청량한 공기 같은, 자작나무 숲속에 서 있는 아득함 같은, 보랏빛 모슬린 옷을 입고 있는 듯한 설렘 같은, 시간의 밑바닥에서 천천히 차오르는 충만함 같은, 먼먼 어느 길에 대한 동경 같은.

당신은 11월의, 11월의 나무들이 어루만지고 있는 바람 같은, 가벼운 눈물 같은.

당신은 잡히지 않는, 11월의 사랑.

여행을 못 가는 나는

아무 일도 일어나지 않는 조용한 토요일 저녁이다.

세상이 어두운 우주 속으로 미끄러져 들어가고 있는 것 같다.

빠른 속도로 우리는 사라지고 있다.

여행을 못 가는 나는 당신을 사랑하고 술을 마신다.

당신이니까

당신이 좋아.

당신이니까.

평생을 살아가는
이유

여름 내내 찬란하던 자귀나무가 비로소 잎을 떨어뜨린 까닭은 이제는 땅이 전해 주는 이야기에 귀를 기울이기 위함이다.

강물이 오랜 시간을 흘러 바다에 닿는 까닭은 자신이 간직해 온 깊고 맑은 지혜를 전해 주기 위함이다.

저물 무렵의 산 그림자가 느린 걸음으로 마을로 내려오듯 오늘 나의 눈은 당신의 눈을 깊고 깊게 응시한다.

누군가를 향해 귀를 기울인다는 것. 참 아름다운 일. 생의 가장 아름다운 습관이자 유익한 도구.

오늘 내가 산을 물들인 만산홍엽처럼 친절하고 처마 밑의 풍경소리처럼 다정한 까닭은 당신을 이해시키기 위함이니 당신 마음의 중심을 향한 그 어떤 수고는 결코 헛되거나 아깝지 않다.

어쩌면 우리는 그 무엇인가를 한 사람에게 제대로 설명하기 위해 평생을 살아가는 것인지도 모른다.

자
명
한
사
실

시간은 기차처럼 지나간다.

사랑은 풍경처럼 희미해진다.

세상은 결국 혼자서 살아가는 것이지만
우리에겐 끝까지 사랑에 대해 이야기해야 할 책무가 있다.

그것만이 진심이고 진실이기 때문이다.

당신은 내가
겪은 일들의 전부

당신은 내가 처음 당도한 곳.
아직도 내가 가 보지 못한 곳.

당신은 내 마음의 피난처.
내 정신의 망명정부.
내 생에 대한 작심.

당신은 내 생의 슬픔의, 비의의, 그리고 환희의 지점.
내가 세상에 보낸 길고도 진지한 입맞춤.

당신은 내가 가장 사랑하는 장소.
내 생의 오래된 책갈피.

당신은 내가 겪은 일들의 전부.

당신이라는 현기증.
당신이라는 눈물겨운 문장.

나는 오늘도 당신이 사라질까 두려워
당신을 옮겨적는다네.

변덕스러운 마음

외로움쯤은 아무것도 아니야.

그렇게 될 수밖에 없었던 건 어차피 그렇게 될 수밖에 없었던 거야.

당신이 아니라 당신과의 추억이 사라지는 것이 아쉬워.

아냐, 추억은 거추장스럽기만 한 거야.

어쩌면 인생은 시간 때우기인지도 몰라.

지금 이 순간에도 이 세상 연인의 절반은 싸우거나 헤어지고 있을

거야.

우리는 일생을 다해도 행복해질 수 없어.

우리도 한때 사랑이라는 걸 했지, 했었지.

아, 지긋지긋한 연애의 윤회. 완벽한 열애 따위는 없는 걸 알면서도.

이런저런 생각으로 오전 내내 우울했는데

'빗방울은 내내 나뭇가지를 맴돈다'라는 문장을 쓴 후 기분이 좋

아졌다.

나는 좀 더
외로워져야겠다

나는 좀 더 외로워져야겠다.

안개 뒤에서

길 위에서

불 꺼진 창문 너머에서

집으로 돌아가는 1000번 광역 버스 안에서

더블린, 카이로, 루앙프라방, 도쿄 혹은 사파에서.

나는 내가 처음이었던

당신을 처음으로 알았던

아니, 까마득히 당신을 몰랐던 그 시절로 돌아가

다시 외로워져야겠다.

지금은 한겨울

당신과 함께 걸었던 그 길에는 눈이 쌓이고

눈이 쌓인 그 길 위에 다시 눈이 쌓이며

한 사랑을 허물고 지운다.

결국 이러할 것을 알았지만,

이런 한겨울의 밤에 사라지는 길의 끝을 바라보며
나는 새로 들인 가구처럼 홀연히 서 있다.

이제는 당신의 어깨를 어루만지던 그 날을
손을 잡았던 그 날을 그리워하지 않겠다.
눈이 쌓이는 나뭇가지가 가볍게 떨고 있는 것을 바라보며
나는 사랑이 어찌할 수 없는 속수무책이라는 것을 알아 버렸으
니까.

오늘이 지나면 나는 더 외로워질 것이고
발바닥에 유리를 꽂고 걷는 것처럼 다시 살아갈 것이고
그것이 오히려 나를 살아가게 할 것이다.

허물어진 사랑은 허물어진 대로
그대로 두겠다.
어쩌면 그것 또한 보기 좋을 것이니.

나를 떠난 당신은 돌아오지 마라.
나에게서 먼먼 그곳에서 부디 안녕해라.

당신을 조금 더
사랑해야 했기에
바다로 향하는 길을
생각했다

나무들이 잎을 떨어뜨리는 것이
그들의 생을 가장 사랑하는 방법이듯
내가 당신에게 조금씩 포기의 기미를 내비치는 것이 어쩌면
당신을 사랑하는 최선의 방법일지도 모르겠다.

시집을 읽으며
어젯밤의 숙취에서 천천히 깨어난다.

우린 서로에게 좀 더 직접적일 필요가 있어.
에둘러 말하지 않았어야 했어.

식은 커피를 사이에 둔 우리 둘 사이는 여전히 고요하고
오후는 등기로 부쳐 온 이별의 서류처럼 낯설다.

잠시 산책이라도 하고 올게.

나는 어디로든 발걸음을 옮겨야 했기에 집을 나섰지만
당신을 조금 더 사랑해야 했기에 바다로 향하는 길을 생각했다.
그 길은 길고 또 길었으면 좋겠고
길 끝에는 비밀스러운 운명처럼 붉은 등대가 있었으면 좋겠다.

어쩌면 이것이 내가 할 수 있는 유일한 사랑과 위로의 한 방식일
런지도.

나의 자그마한
이데올로기

서른을 넘은 인간이 삶에 대한 신념 같은 건 하나쯤 가지고 있어야 한다고 생각한다. 그렇다고 거창한 건 아니고, 자그마한 것이라도, 마음속에 중심 잡아 줄 돌덩이 하나쯤은 매달아 둬야 한다는 거다. 길에는 절대로 쓰레기를 버리지 않겠다, 나름대로 환경 문제는 진지하게 고민해 보겠다, 남에게 되도록 피해는 주지 않겠다, 약속은 웬만하면 지키겠다, 뭐, 이 정도면 충분하다. 세계관 혹은 이데올로기랄 수도 있겠는데, 이런 것 하나 정도는 지니고 있어야 '간지'도 나고 스스로를 조금 괜찮은 녀석으로 생각할 수도 있다. 삶은 그런 데서 굴러갈 수 있는 동력 같은 것도 생기는 것이고, 잠들 무렵 가슴을 지그시 누르는 통증에 반성 같은 것도 해 보게 된다. 나 같은 경우는 몇 년 전부터 무신론자로 변했는데 - 그렇다고 신을 열렬히 믿은 적은 없다. 불가지론자였다고 할까? - 어떤 일을 계기로, 세계는 진화를 거듭해서 지금에 이르렀으며, 인간은 이성과 감성, 감정, 물과 단백질 등등으로 구성된 물질이라고 믿게 되었다. 그걸 내 삶에 대입시키니까, 세상의 중심이 딱 잡히는 거였다. 선에 대한 의지, 삶에 대한 연민, 최선에 대한 욕구 같은 게, 구체적으로는 아니지만 어렴풋하게나마 느껴지는 거였다. 각설, 하여튼, 서른 넘은 지금, 내가 그런 이데올로기를 갖고 있다는 게 대견스럽다. 그리고 그 이데올로기는 분명 내 주위의 인간들을 포함한 모든 이들이 공감할 수 있는 선한 것이라고 자부한다. 세계관을 가지는 것은 좋지만 이 세계를 엿 먹이는, 다른 사람을 피곤하게 하는 것이어서는 곤란한 것 아니겠냐, 이런 말이다. 말이 길어지니 자꾸 옆으로 샌다. 뭐, 하고 싶은 말은 이런 거다. 나를 포함해서, 제발 서른 넘은 인간들이여, 벤츠도 좋고 아이팟도 좋고 아르마니도 좋고 루이비통도 좋다. 그런 거에 열광한다고 아무도 당신을 비난하지 않는다. 우리는 어차피 속물이니까. 그래도 이 세계를 조금 더 평화롭고 유쾌하게 만들 이데올로기 하나쯤은 가지고 살자. 그리고 그 이데올로기를 지키기 위해 하루에 1분 정도는 고민하자. 지금 이 순간, 며칠 전 지독한 몸살을 앓으면서 본 어느 다큐멘터리가 떠오른다. 무너져 내리는 빙하를 바라보던 북극곰의 절망적인 눈빛 말이다.

2
월
에
대
하
여

2월에는 '이제부터 돈을 좀 모아야겠다'는 생각이 들곤 해요. 까닭은 모르겠어요. 그냥 그런 생각이 들어 은행에 가서 괜히 적금이나 펀드를 알아보죠. 하지만 늘 그랬듯이 언제나 생각으로만 그치죠.

2월에 누군가 내게 행복이 무엇인지 물어본다면 난 이렇게 말할 거예요. '내게 그냥 미소를 보내 주세요.' 2월에는 이렇게 대답해도 아무도 비난하지 않을 것 같아요.

2월에는 타인에 대한 다정함과 자신에 대한 사려 깊음, 생에 대한 낙관과 사랑에 대한 동경과 일에 대한 열정. 여기에 후회 1큰술, 질투 약간.

2월에는 서점에 가는 횟수가 많아져요. 여행서 코너에 쭈그리고 앉아 론리플래닛을 읽거나 모딜리아니의 화집을 들추곤 하죠. 하지만 2월에는 여행을 떠나지 않는 게 좋아요. 자칫하다간 평생 떠돌며 사는 것도 괜찮겠다 싶은 생각이 들어 여행지에 눌러앉아 버릴 수도 있거든요.

2월이면 무정부주의자가 되는 것 같아요. 모든 정부는 죄악. 우리가 이방인처럼 여행자처럼 살아갈 때 세상은 평화로워질 것 같다는 생각이 들곤 해요.

2월에는 옥상에 올라 오랫동안 하늘을 주의 깊게 바라보곤 해요. 왠지 UFO를 볼 수 있을 것만 같아서예요. 그들을 만나면 어떻게 인사를 하면 좋을지 고민하기도 하죠. 2월은 이런 황당한 기대가 이루어질 것만 같은 달.

2월에는 당신과 꼭 껴안고 방안에 틀어박혀 음악 한 곡을 온종일 듣고 싶어요. 밥도 먹지 않고 물도 마시지 않고 음악만 듣는 거죠.

2월에는 스스로에게 약간은 관대해지고 싶어요. 이제 겨우 한 달이 지났을 뿐이잖아요.

세월은 흘러

빗방울이 쌓이듯

발밑에

오랜만이었습니다. 친구들과 소백산 자락에서 텐트를 치고 놀았습니다. 1995년 이후 처음 해 보는 야영이었습니다. 낮에는 자동차를 타고 고치령, 마구령 고개를 비칠거리며 넘었습니다. 계곡물에 발을 담그고 맥주를 마시기도 했습니다. 저녁 무렵에는 부석사에 도착해 소백산 너머로 지는 노을을 바라보기도 했죠. 밤에는 소백산 야영장으로 숨어들었습니다. 다람쥐처럼 둘러앉아 코펠에 밥도 끓이고 고기도 굽고 소주도 마시며 즐거웠습니다. 그러는 사이 비가 왔고요.

우리는 텐트 그늘막 아래
빗소리를 잠깐 들이고
캔 맥주 몇 병을 놓고 아이들의 놀잇감과 이혼한 옛사랑과
먼저 간 친구들을 잠시 생각하다가
그러다가, 빗소리가 멈춘 사이
이 세상 너머에 대해 혹은
김광석에 대해 잠깐 이야기를 나누다가

뭘 먹고 살까…….

(예전엔 맨발로 돌아다니던 날들도 많았는데)
이런저런 고민을 잠시 하다가.

아, 이렇게 시간은 흘렀구나.
발밑에 빗방울이 쌓이듯 이렇게
우리도 모르는 사이 세월은 흘러서
강물이 되어서 멀리 갔구나.

뭐가 남았나, 하고 돌아보니
좀 더 잘해 줄 수도 있었는데, 하는 그런 마음 있잖아요.

감나무 가지가 허공에 감 하나를 꼭 쥐고 있듯
그런 미련이 자꾸만 목에 걸리더군요.

우리가

키득거렸던 날들

그러니까, 그건 오래전 일이었지. 6년 전이었나, 7년 전이었나, 4월이었나, 아니면 5월이었나. 기억나지는 않지만, 그래, 그냥 오래전 어느 봄날, 햇빛이 거리에 폭포처럼 흘러내리던 날쯤이라고 해두자.

우리는 인사동 거리에서 만났어. 키가 큰 넌 원피스를 입고 부러질 듯 서 있었지. 불안해했고 수줍어했고 설레했지. 네 조그만 얼굴은 세상을 처음 본 송아지처럼 이곳저곳을 두리번거리고 있었어.

그날 우리는 소주를 마셨고 동동주를 마셨고 맥주를 마셨지. 그날, 우리가 처음 만난 날, 우리는 무슨 이야기를 나누었을까. 지금은 기억나지 않지만 우리는 취했었고 유쾌했었지. 즐거웠었지. 그건 분명해. 우린 여행에 대해 이야기했으니까. 그리고 우리는 한동안 마주치지 못했지.

시간은, 추억은, 세월은 분명 연속적인 것이 아닌 것 같아. 우리는 시간의, 세월의 부분을 건너뛰며 살고 있지. 우리는 선 위를 걷고 있는 것이 아니라 점 위에 우두커니 서 있어. 그리고 어느 순간 다른 점으로 훌쩍 건너가지. 마치 징검다리를 건너듯. 그랬던 것 같아. 되돌아보니, 모든 것이 그랬어.

내가 신문사와 잡지사를 떠돌며 일할 때, 매일매일 책상 귀퉁이에 얼굴을 묻은 채 이어폰을 끼고 견디고 있을 때, 모래처럼 서걱거리던 날을 보내고 있을 때, 네가 문득 찾아왔지. 그때가 기억나. 곰팡이 냄새가 나는 지하 찻집에 앉아 커피를 마시며 너는 나의 안색을 걱정했고 나의 시를 걱정했고 나의 여행을 걱정했고 나의 모든 것을 걱정했지.

네가 내게 건넨, 어깨를 털고 가는 바람 같은 위로의 말.
"괜찮아. 다 잘될 거야."

그래, 네 말대로, 다 잘됐던 것 같아. 모든 게 잘됐던 것 같아. 고마웠어, 너의 위로. 내가 서 있었던 기억의 밝은 한 점.

우리는 여행을 떠난 적도 있었지. 하지만 이상해. 너와 참 많은 곳을 함께 다닌 것 같은데 사실 함께 떠났던 날들은 몇 일이, 몇 곳이 되지 않더군. 손꼽아 봐야 속초 바다와 인제, 비금도와 도초도, 그리고 제주도와 마라도 정도. 뭐, 남들이야 그것도 많다고 하겠지만, 너와 내가 함께 보낸 시간들에 비하면 '고작'일 테지. 우리는 내내 길 위에서 키득거렸지. 속초의 검은 앞바다에서 도루묵구이를 앞에 두고 소주를 마시며 키득거렸고, 마장터의 낙엽송 숲을 걸으며 키득거렸고, 비금도 하누넘 해변을 뛰어다니며 키득거렸고, 마라도 교회 앞마당에서 캔 맥주를 마시며 키득거렸지.

아마도 그게 우리가 우리를 위로하고 쓰다듬는 방법이었던 것 같아. 키득거리는 거. 잘못 배달된 음식을 보는 순간처럼 망연자실했던 우리가 삼십 대의 어느 화창한 여행길에서 할 수 있는 일이라고는 키득거리는 것 말고 뭐가 있었을까. 우리가 키득거리며 서 있었던 점, 점, 점들.

지난달, 라오스를 다녀왔어. 루앙프라방이라는 곳에 며칠 있었지. 노상 주점에 앉아 세상의 종점이 있다면 아마 여기가 아닐까 생각했지. 크게 절망하지 않아도 되는 종점, 그러고 보니 너나 나나, 종점에 자리를 잡고서야 비로소 편안해지는 사람들 같아 혼자서 키득거렸지. 갑자기 스콜이 쏟아지더군. 어디론가 떠나고 싶어 하던 열망으로 가득한 너의 흔들리는 눈동자가 떠올랐고, 네가 혼자서 어디론가 떠나야 한다면 그곳이 바로 루앙프라방이 아닐까 생각했지. 루앙프라방을 떠날 때, 공항 출입국 관리소를 통과해 비엔티엔으로 가는 비행기를 기다리다 공항 보안 요원에게 흡연실이 없냐고 물었을 때, "공항 밖으로 나가서 피우세요"라고 웃으며 말했을 때, 나는 다시 너의 눈동자를 떠올렸지. 네 눈동자가 이곳에서는 편안할 수 있겠다, 생각했지. 그리고 인천 공항에 도착하자마자 네게 전화했어. "라오스 루앙프라방이란 곳에 가 봐. 좋아." 너는 "그래야겠다"고, "그곳이 라오스든 어디든 일단 떠나야겠다"고 말했었지.

네가 떠나기를. 어디라도 좋아. 하루라도 좋고 한 달이어도 좋아. 더 오래라도 좋아. 다만 이곳이 아니면 돼. 도쿄, 상하이, 암스테르담, 미얀마, 아르헨티나, 홍콩……. 세상의 모든 '거기' 혹은 '종점'들. 여기서 울지 말고, 거기 가서 울어. 울다가 다시 와. 거기서 울고 여기서는 살아야지. 즐겁게, 유쾌하게 살아야지.

조만간 만나자. 장마가 끝나고, 더위가 가시고 곧 시원한 바람이 불어오겠지. 만나서 어디로 갈 건지 이야기하자. 지나간 여행이 아닌, 다가올 여행에 대해 말하자. 우리가 한 번도 가 보지 못한 곳에 대해 주저리주저리 이야기하자.

혼자 먹는 밥

국내 취재 여행의 경우 짧게는 1박 2일에서 길게는 3박 4일 정도 이어진다. 사진기자와 함께 떠날 때도 있지만 대부분 혼자 다니는 편이다.

혼자 취재 여행을 떠나면 여러모로 힘들다. 혼자 운전하는 일도 지치고 무거운 카메라 장비를 들고 다니며 사진을 찍어야 하는 육체적 괴로움도 이만저만이 아니다. 하지만 나를 가장 불편하고 고난스럽게 만드는 일은 혼자 떠난 여행길에서 밥을 먹는 일이었다. 지금은 익숙해졌지만 신문사에서 처음 여행 취재를 담당한 후 얼마 동안은 낯선 식당 문을 열고 들어가는 일에 익숙지 않아 고생했다. 문 앞에서 서성이다 그냥 발걸음을 돌리기가 일쑤였다.

붐비는 식당에서 혼자 테이블을 차지하고 앉아 꾸역꾸역 목구멍 속으로 밥을 밀어 넣어 본 사람은 안다. 세상에 나 홀로 남겨졌다는 쓸쓸함과 비애가 파도처럼 밀려온다. 나 자신이 한없이 작고 초라한 인간이라는 생각이 들고 괜히 얼굴이 달아오른다.

수없이 망설였다. 그러다 보니 끼니를 자주 거르게 되었고 몸도

상했다. 나중에는 빵을 가지고 다니며 대충 끼니를 때우는 요령이 생기기도 했다. 지금이야 혼자 밥 먹는 일이 어느 정도 이력이 났다고 하지만, 끼니를 거르며 취재 여행을 다닐 때 어딘가에서 밥 짓는 냄새라도 나면 그 집 문을 열고 불쑥 들어가고 싶어진다. 덜컥, 다짜고짜 솥을 열고 커다란 주걱으로 휘휘 저어 밥을 퍼먹고 싶어진다.

나이가 들고, 제법 혼자 먹는 밥이 익숙해지면서 요즘은 혼자 밥을 먹으러 일부러 멀리 나가기도 한다. 버스를 타고 세 시간쯤 걸려 포천이나 강화도, 혹은 철원, 의정부로 가서 밥 한 그릇을 사 먹는다. 허름한 식당 문을 열고 들어가 된장찌개를 시켜 놓고 허겁지겁 밥을 밀어 넣는다.

혼자서 먹는 밥은 기껍다. 오직 밥에만 집중할 수가 있다. 김이 모락모락 피어나는 밥 한 숟가락을 뜨는 순간 쌀의 느낌이 혀에 오롯이 전달된다. 쌀에도 단맛이 있고 쓴맛이 있다는 사실을 혼자 밥을 먹으면서 알게 됐다. 시금치무침과 멸치조림이 고소하다는 것을, 된장국에는 수박향이 숨어 있다는 사실을.

혼자 밥 먹는 시간은 내게 일종의 '면벽 수행'의 시간이다. 밥은 내게 부처님이며 하나님이기도 하다. 하얀 밥이 가득 담긴 숟가락을 입안으로 가져가는 동안 나는 세상에서 떨어져 나온다. 일 미터 정도 허공에 붕 떠서 내 삶을 내려다본다. 나는 누구를 위해, 무엇을 위해 밥을 먹고 있으며, 무엇을 하기 위해 밥을 벌고 있는가, 어떻게 살며 밥을 벌어왔던가를 생각한다.

혼자 밥을 먹으면 떠오르는 얼굴이 있다. 강진에서 고등어조림을 먹을 때는 고등어를 유난히 좋아하시던 아버지가 떠올랐고, 장흥에서 매생잇국을 먹을 때는 서울살이에 힘들어하던 한 시기를 살뜰히 챙겨 준 한 선배 시인의 얼굴이 떠올랐다. 홀로 밥을 먹으며 떠오른 얼굴은 내가 보고 싶어하고, 그리워하고, 고마워하는 사람들이었다. 누군가 내게 말한 적이 있다. 혼자 밥먹을 때 떠오르는 얼굴은 아마도 당신이 가장 좋아하는 사람이고 가장 필요한 사람일 거라고.

그 말이 맞는 것 같다. 나는 그동안 내가 잊고 있던 많은 사람들의 얼굴을 떠올릴 수 있었다. 그들의 얼굴을 떠올리며 '언제, 이 사람들과 밥 한 끼 해야지'하고 생각했다. 사는 게 힘겹고 팍팍하게 느껴질 때, 혼자서 밥을 먹어 보시라. 숟가락 가득 밥을 떠서 입안으로 넣어 보라. 당신이 밥을 먹고 있는 동안 떠오르는 그 얼굴과 따뜻한 밥 한 끼 나눠 보시라.

그깟 매듭 하나
때문에

그냥 놔둬.

풀어지지 않으면 풀지 마.

그냥 그대로 놔둬.

그깟 매듭 하나 때문에 우리 인생을 망칠 필요는 없잖아.

이미 알고 있었어

이미 알고 있었어.

당신 역시 상처투성이라는 걸.

나처럼 보통 인간이라는 걸.

나는 조금 더

나는 남들보다 조금 더
이해와 오해가 필요한 사람.

나는 남들보다 조금 더
이별의 유전자를 많이 가지고 있는 사람.

나는 남들보다 조금 더
그리움이 많은 사람.

나는 남들보다 조금 더
배려심이 없는 사람.

나는 남들보다 조금 더
행운이 필요한 사람.

나는 남들보다 조금 더
위로가 많이 필요한 사람.

나는 남들보다 조금 더
추위를 많이 타는 사람.

하지만 나는 남들보다 조금 더
당신을 사랑하는 사람.

우리가
두려워해야 하는 건

그날, 나는 모자부터 카디건, 셔츠, 바지, 신발 그리고 가방까지 하나의 브랜드로 몽땅 뒤집어쓴 사람과 만났다. 그 사람과 원고와 사진, 연재 등 일에 대한 이야기를 10분 만에 마치고, 이후 두 시간 동안 나는 그 사람이 지난해 휴가를 떠났던 남태평양의 어느 섬에 대해 들어야 했다. 그 사람은 내 클라이언트였기 때문에 어쩔 수 없이 들어줘야 했다.

그는 두 시간 내내 그곳에서 보낸 일주일이 자신의 인생에서 가장 지루했다는 사실을 내게 설득하려고 애썼고 나는 헤드폰으로 내 귀를 덮어 버리고 싶은 충동을 참느라 애써야 했다. 더 화나는 건 카페를 나온 후 나는 그가 모퉁이를 돌아 사라질 때까지 얼굴에 웃음을 짓고 서 있어야 했다는 사실.

그가 모퉁이 너머로 사라지고 난 후 나는 하늘을 보며 깊은 한숨을 쉬었다. 비행기 한 대가 구름 너머로 날아가고 있었고 나는 택시를 타고 집으로 돌아와 배낭을 꾸리기 시작했다. 그리고 그에게 '죄송합니다만 다시 한번 생각해 보니 그 일을 하기에 저의 능력이 모자라는 것 같습니다'로 시작하는 메일을 썼다.

그날, 나는 한 번만 더 '오늘 이후로 내 인생은 약간 특별해질 것'이라고 믿어 보기로 했고 여행을 저질렀다. 그리고 아직은 후회하지 않고 지금까지 살아오고 있다. 그날 이후 내가 얻은 교훈은 이것이다.

우리가 진정으로 두려워해야 하는 건 하기 싫은 일을 하지 않겠다고 말하는 게 아니라 하고 싶은 일을 하지 못하고 사는 것이다.

내게 섭섭한 것
있다면

우리의 시선이 일주일째 비켜 가고 있어.
그 사이 가을이 가고 겨울이 왔어.
너와 함께 은행잎을 밟고 싶었는데.

침묵이 불편하지 않아야 가까운 사이라는 말. 그건 아닌 것 같아.
우린 이미 충분히 가깝지만
난 우리 사이에 놓인 침묵이 불편하기만 한걸.

여섯 개의 점.
말 줄임표…….
난 이게 싫기만 한걸.

내게 섭섭한 것 있었다면 꼭 말해줘.

'나 그런 거 안 한다.'
이런 말 팍팍 하면서 살고 싶은데.

'난 당신이 싫어요.'
당신 앞에서 이렇게 말해 주고 싶은데.

은유와 직유

상징과 은유, 직유가 가장 필요할 때는 싸울 때더군요.

35mm 렌즈

35mm 렌즈는 당신과의 가장 알맞은 거리를 알고 있다 ; 35mm 렌즈는 당신을 적당히 당길 줄 알고 밀어낼 줄 안다. 적당히 왜곡할 줄도 알아서 당신을 더 아름답게 착시할 수 있다. 그러기에 당신을 더 사랑할 수도 있는 것이고.

35mm 렌즈는 슬픔을 가장 잘 표현한다 ; 사진은 슬픔을 찍는 것이다, 라고 나는 생각한다. 당신이 사진에서 슬픔을 표현하지 못했다면 당신에게 '그건 분명 실패한 사진이야'라고 말하고 싶다. 당신이 내 사진에서 슬픔을 찾아내지 못했다면 나 역시 내 사진이 실패했다고 깨끗이 인정하겠다. 기쁘고 즐거운 포즈 뒤에도 슬픔은 숨어 있어야 한다. 기쁘고 즐거운 감정은 누구나 볼 수 있지만 슬픔은 슬픈 자만이 찾아낼 수 있다. 사진가는 슬픔을 알고 슬픔을 찾아낼 줄 알고 그리고 슬픔을 가지고 있는 사람이어야 한다.

35mm 렌즈는 사람의 마음을 찍는데 가장 알맞다 ; 사진이란 마주친, 마주한 사람을 찍는 것이다. 내가 셔터를 누를 때 그 사람은 내가 손을 뻗어 닿을 수 있는 거리에 있어야 한다. '나를 향해 미소 지어 줄 수 있겠니?' 하는 내 작은 목소리를 들을 수 있어야 한다.

나는 피사체를 향해 35mm 렌즈를 단 카메라를 가리키며 살짝 눈을 찡긋한다. 그러면 그들은 나를 잠시 응시하다 고개를 끄덕인다. 그것은 내게 사진을 찍어도 된다는 허락이다. 나는 그들에게 조심스럽게 가까이 가 셔터를 누른다. 35mm는 나를 피사체 가까이, 내가 손을 뻗으면 만질 수 있는 거리까지 나를 인도한다. 나는 35mm를 통해 그들의 마음과 감정을 느낄 수 있다.

35mm 렌즈는 남겨진 것들을 보게 한다 ; 나는 주로 혼자서 여행을 한다. 그러다 보니 자꾸만 쓸쓸한 것들, 슬프고 외로운 것들, 혼자 남겨진 것들, 하찮은 것들, 평범한 것들, 숨어 있는 것들에게 눈길이 간다. 그런 것들을 잘 찍는 방법은 다 하나밖에 없다. 가까이 다가가고 허리를 굽히고 고개를 숙이는 수밖에 없다. 내가 만약 망원 렌즈나 줌 렌즈를 가지고 있었다면 그것들에게 다가가지 못했을 것이다.

35mm 렌즈는 작고 가볍다 ; 나는 여행자다. 걸어 다녀야 하기 때문에 커다란 카메라와 많은 렌즈를 가지고 다닐 수 없다. 장비가 불어나지 않도록 주의해야 한다. 그런 점에서 작고 가벼운 35mm는 최선의 선택이다. 가격도 그다지 비싸지 않아서 진흙이 묻거나 바닷물이 조금 묻어도 신경쓰지 않아도 된다. 단 하나의 렌즈를 선택하라면 물론 35mm다.

35mm 렌즈는 분명한 시선을 가지고 있다 ; 처음 구입한 렌즈는 24-70mm 렌즈였다. 상당히 비싼 렌즈였다. 그 뒤로 16-35mm,

70-200mm를 차례로 구입했고, 이 세 가지 렌즈로 출장을 다니며 사진을 찍었다. 그러다 언제부터인가 이 렌즈들이 싫어졌다. 뭐라고 할까, 음, 그저 그렇고 그런, 모두가 똑같이 메고 다니는 백 팩을 나 역시 메고 다닌다는 느낌이 들었다고나 할까. 이후 이 렌즈들을 모두 처분하고 35mm와 20mm를 가지고 다닌다. 그러자 여행도 한결 편하고 즐거워졌고 사진도 더 나아졌다. 적어도 여행을 하고 사진을 찍는 양식에 관해 이야기한다면 줌 렌즈 대신 단렌즈를 선택한 후 나는 한 단계 더 성숙해진 셈이다. 이후 찍은 사진은 내가 좀 더 분명한 시선을 가지고 있는 사람이라는 것을 느낄 수 있게 해 준다.

세
가
지
반
응

몸과 정신을 압도하는 완벽한 풍경 앞에서 사람들은 크게 세 가지 태도를 가지더라.

치유를 하던지

완벽하게 절망하던지

아니면 기념사진이나 찍던지.

맥주에 관한 엽서들

내게 날아온 맥주에 관한 엽서들. 그들은 언제나 여행 중이며 맥주를 마시고 있었다.

부다페스트에서 사진작가 Y ; 저는 지금 부다페스트에 있습니다. 베를린과 앤트워프를 거쳐 여기까지 오게 됐네요. 시메이(Chimay) 맥주를 마시며 부다페스트의 가을을 즐기고 있습니다. 수도사들이 만든 맥주입니다. 달콤합니다. 이곳에서 사랑을 잊을 수 있을 것 같습니다. 아 참, 저 그 여자랑 헤어졌거든요. 오늘부터는 '당신이 아닌 나를 사랑하는 방법'에 대해 좀 더 고민해 보려구요. 이번 여행은 아마도 오랜 사랑만큼이나 오랜 여행이 될 것 같습니다.

바다가 보이는 제주도 어느 여관에서 후배 시인 K ; 대정 근처, 추사가 머물렀던 자리 주변에 머물고 있습니다. 수선화가 노랗게 피었습니다. 쓰고 싶었던 원고는 여전히 지지부진이고 방에는 빈 맥주병만 쌓여갑니다. 아름답지 않으면 무의미합니다.

루앙프라방에서 소설가 EH ; 그들은 그늘에서 길고 긴 식사를 합니다. 국수를 먹고 맥주를 마십니다. 그들은 진정으로 시간을 음미하고 삶을 만끽하고 있는 것처럼 보입니다. 이들에게 삶이란, 분명히 즐겨야 할 대상입니다. 루앙프라방의 수많은 사원에 모셔진 불상들을 보면서 그것을 다시 한번 깨달았어요. 불상의 미소는 우리에게 인생을 충분히 즐겨 보라고, 그럴 만한 가치가 있다고 말하고 있었어요.

도쿄역에서 여행작가 JJ ; 난 내 생이 내가 모르는 이국에서 진행되기를 바라고 있었지. 열차 티켓, 닳아버린 운동화 뒤꿈치, 실밥이 터져 나온 배낭으로 이루어진 내 인생. 지금 신칸센을 기다리고 있는 중. 배낭 가득 아사히를 집어넣었어. 난 내 인생을 실천하려고 최선을 다하고 있어. 오늘은 아사히를 마시며 요코하마까지 시속 300km로 달릴 예정이야.

카이로에서 에디터 DW ; 그녀와 함께 사막으로 갔어요. 깊은 눈의 사람들, 안개, 안개 속의 나무들, 멀어져 가는 당나귀들, 희미한 목소리가 울려 퍼지던 모스크, 사막을 가로지르던 긴긴 철로, 단한 번의 기차와의 마주침, 한 무리의 일본인 단체 관광객들, 아득한 별 무리, 지평선 너머에서 들려오던 노랫소리와 북소리, 분홍빛으로 물들어 가던 바위들, 말라가던 입술, 발가락 사이로 스미던 부드러운 모래, 신기루를 기대했던 시간…… . 사막에서는 생강향이 났던 것 같아요. 그리고 난 차가운 맥주를 마시며 그녀에게 말했죠. 당신을 위해서라면 한국어 따위는 영원히 잊을 수 있어.

3.

가장 빠른
달팽이처럼

즐거웠던 시절은
모두 어제

우린 속도 무제한의 고속도로를 달리고 있어. 우리에게 중요한 건 오직 길을 떠난다는 것. 어디에 닿을지는 아무도 모른다네. 인생은 언제나 요령부득. 운명과 우연의 절묘한 조합. 약간의 행운과 수많은 불행이 합쳐져 만들어진 것. 그러니 잘 사는 비법 같은 게 있을 리 없지. 끝까지 가든지 아니면 기름이 떨어져 포기하든지. 언제나 두려움과 함께 한다네. 즐거웠던 시절은 모두 어제. 모두 다 지나간 풍경일 뿐이라네.

여
행
의

이
유

모든 것을 지우개로 박박 지워 버리고 싶어.

단지 그것 때문에 길을 떠나는 사람도 있는 거야.

운명은
어딘가에서 우리를

오늘은 도서관에서 프란시스 고야와 맥시밀리안 해커, 그레이 레이스, 안형수, 성기완, 스노우 패트롤, 요조, 이노경, 피아노 솔로 OST, 슈베르트의 '이정표'를 들으며 호시노 미치오의 책을 읽었다. 자판기 커피를 3잔 마셨고 담배 7개비를 피웠다. 사진 잡지와 미술 잡지, 영화 잡지, 축구 잡지, 등산 잡지, 음악 잡지, 요리 잡지를 뒤적였고 원고료가 들어왔는지 현금 카드를 두 번 확인했다. 돌아오는 길에 쓰지 않는 현대백화점 상품권을 현금으로 교환했고, 등산용품점에 들러 잠발란 등산화와 그레고리 배낭을 구경했다. 자기가 원하는 물건을 아무런 고민 없이 다 살 수 있다는 건 어떤 느낌일까를 궁금해하며 건널목을 건너다가 한눈파는 운전자가 모는 자동차에 치일 뻔했고, 그 순간 밴프의 겨울을 잠깐 떠올렸다. 자동차는 무덤덤하게 지나갔고 운전자는 나를 노려보았다. 나는 '아마 은하를 여행하는 백패커가 지구에 잠시 들른다면, 이런 곳에서 내리는 게 아니었어'라고 고개를 절레절레 흔들며 지나갔을 거라고 생각했다.

운명은 어딘가에서 우리를 말없이 지켜보고 있을 것이고 나는 집으로 돌아와 여행을 준비하기 시작했다.

여행에 대한
몇 가지 서툰 잠언

우리가 경험하는 여행은 논픽션이지만 우리가 추억하는 여행은 픽션이다.

언제나 나를 설레게 하는 것은 멋지게 이륙하는 비행기의 가벼운 각도다.

아쉬운 건 우리가 여행을 시작하는 그 순간부터 우리의 여행은 끝나가고 있다는 것이다.

우리가 여전히 수백 년 전의 여행자들과 같은 방식으로 여행할 수 있다는 것. 그것은 분명 매혹적인 일이다.

여행자는 생의 비밀을 엿보고 싶어하는 자들이다. 그들은 어떤 이즘(ism)을 설득하고 성취하기 보다는 그것을 살아버린다. 그래서 그들이 가지고 있는 여행과 음식, 숙소, 길, 삶의 태도와 방식에 대한 편견은 존중되어야 마땅하다. 그들은 그것을 직접 몸으로 느끼고 스스로 얻어냈기 때문이다.

그들은 언제나 새로운 좌표를 만들어 왔다. 해안선을 넓히고 고도를 높였다. 시간을 확장하고 공간의 깊은 곳을 탐색했다. 지도를 만든 것은 그들이다.

여행, 그것은 삶과의 달콤한 밀월을 즐기는 일이다.

우리의 여행이 서사를 장착할 필요는 없다. 교훈적일 필요는 더더욱 없다. 그건 각설탕 같은 것이다. 넣어도 그만 안 넣어도 된다. 우리의 여행은 단지 생의 체온을 조금 높이는 정도면 충분하다.

'즐기고 탐닉하라' 이것이 여행자의 첫 번째 행동강령이다.

여행은 고백의 한 양식, 익명적 중얼거림, 세상에 대한 깊이 없는, 그래서 가벼운, 그렇기에 유쾌한 찰나적인 긍정.

여행이 자신을 위해 많은 일을 해 줄 수 있다고는 생각하지 마라. 그러나 여행만이 해 줄 수 있는 일이 분명히 있다고 믿어라. 문을 열고 나서는 순간, 우리는 처음 보는 생의 풍경을 문득 마주하게 될 것이다. 그러나 당신은 겁먹지도 말고 망설이지도 마라. 그 풍경은 당신을 오랫동안 기다리고 있었던 것이니까. 우리는 단지 설레기만 하면 된다.

누구나 자기만의 환상을 좇아 여행을 떠난다. 어떤 이는 환상을 깨기도 하고 어떤 이는 환상을 자기 것으로 만들기도 한다. 어떤 것이 옳다고는 할 수 없다. 여행은 순전히 개인적인 문제이기 때문이다.

여행은 우리가 지금까지 경험하던 시간과는 전혀 다른 시간의 흐름에 몸을 맡기는 일이다. 그 시간 속에 슬며시 심장을 올려놓는 일이다.

길과 가장 잘 사귀는 방법은 외로움과 친구가 되는 거야.

나이가 든 여행자들을 존경하라. 그들 대부분은 인생의 교훈을 체득한 이들이다. 더 이상 이룰 것이 없어, 혹은 더 이상 잃을 것이 없어 여행을 시작한 이들이다. 이들은 낯선 풍물을 보며 신기해하지도 않고, 여행지에서 아름다운 여자를 만나게 될 것이라는 기대 따위도 하지 않는다. 그들에게 중요한 것은 자기 자신이다. 여행을 통해 스스로를 위로하고 싶은 것이다.

여행이란 생에 골몰하는 가장 유익하고 헌신적인 방법, 생과의 가장 완벽한 열애.

여행은 언제나 실패다. 성공적인 여행은 없다. 우리는 실패를 경험하기 위해 기꺼이 여행을 떠나고 그 실패는 즐겁다.

이번 여행을 통해 당신이 긍정을 배웠으면 좋겠다.

여 행 의　정 석

가장 빠른 달팽이처럼.

오랜 여행을 하다 보면 생활과 여행이 뫼비우스의 띠처럼 서로 얽혀들 때가 있다. 우리는 생활에서 탈출하고자 여행을 감행했지만 여행은 또 다른 생활이 되어 버린다. 경제적인 어려움과 육체적인 고통은 여행을 지속하고자 하는 의지를 조롱하고 일행과의 불화는 인내심을 끊임없이 시험한다. 차라리 우리가 떠나온 현실이 백 배 더 나았다는 생각이 든다. 암스트롱은 달에 도착하기까지, 구멍이 숭숭 뚫린 달의 실체를 상상이나 했을까. 이처럼 우리가 생활에서 꿈꾸는 여행은 하나의 이미지다. 그러기에 우리는 '여행을 꿈꾼다'는 말을 하는 것이고. 여행은 생활을 상쇄시키지만 생활은 여행을 기만한다. 우리는 여행이 허망한 짓거리임을 알게 된다. 우리가 바라는 여행은 결국 하나의 거대한 허구인지도 모른다. 그럼에도 불구하고 당신은 여행을 떠날 것인가?

누구나
거센 바람
속으로 자진해서
걸어가고 싶을 때가
있는 법이니까

일주일 동안 제주도에 캠핑을 다녀왔다. 다랑쉬 오름과 우도, 성산포, 서귀포, 화순 해변 등을 떠돌며 텐트를 치고 묵었다. 딱히 제주도를 여행해야겠다고, 캠핑을 해야겠다고 마음먹은 것은 아니었다. 다만 해가 바뀌어도 아무것도 바뀐 것이 없고, '이곳'에 있다는 사실 자체가 못 견디게 지루했으니까. 게다가 내겐 텐트와 코펠, 침낭이 있었고 몇 병의 와인과 참치 통조림이 넉넉하게 있었으니까. 그리고 이것들을 모조리 실어도 공간이 남아도는 커다란 트렁크를 가진 차가 있었으니까. 캠핑을 떠나기 위한 모든 조건은 완벽하게 갖춘 셈이었다.

겨울 제주는 바람이 지배하는 섬이었다. 다랑쉬 오름과 성산포, 화순 해변 등은 그럭저럭 괜찮았는데 우도는 바람이 무시무시했다. 우도의 하고수동 해변에 텐트를 치고 이틀을 머물렀는데, 제주도 동북쪽에 떠 있는 이 작은 섬은, 저녁 무렵이면 불어오는 세찬 바람에 떠밀려 태평양의 어느 한 귀퉁이로 난파될 것만 같았다. 밤이면 바람이 텐트를 흔드는 소리에 잠을 이룰 수 없을 정도였다. 성난 짐승 같은 거센 바람이 밤새 텐트를 뒤흔들었고 10분 혹은 30분마다 잠에서 깨어 폴과 팩과 당김줄을 확인해야 했다.

하지만 바람은 새벽이면 언제 그랬냐는 듯이 수평선 너머로 물러
갔다.

우도에 머물며 한 일이라곤 별로 없다. 밤이면 흔들리는 랜턴 불
빛 아래에 앉아 '카우보이 정키스'와 '개비지', '찰리 해이든'을 들
으며 참치 통조림을 앞에 놓고 싸구려 와인을 마셨다. 가끔씩 여
기가 제주라는 사실에 가슴이 먹먹해져 고개를 들어 바라본 수평
선 너머에는 어화가 이승의 것이 아닌 것처럼 환했다. 낮에는 모
자란 잠을 보충했고 검은 돌담길 사이를 걸었다.

누군가 내게 그런 여행은 무의미하지 않느냐고, 왜 우도까지 가
서 텐트를 치고 그 텐트가 바람에 날려갈 것을 걱정해야만 하느냐
고 묻는다면 나는 딱히 할 말이 없다. 그저 '그런 경험은 텐트를 가
진 자만이 우도에서만 할 수 있는 것이니까'하고 대답할 수밖에.
하지만 그럴 때가 있지 않은가. 몸을 날려 버릴 것 같은 거센 바람
속으로 자진해서 걸어가고 싶을 때. 그건 여드름이 가득한 십 대
나 갓 스무 살을 넘긴 청년이나 마흔을 넘긴 아저씨나 똑같다. 우
리는 인간이고, 인간이기 때문에 어쩔 수 없이 위로가 필요한 것
이다. 그리고 위로라는 것은 '당신의 따뜻한 손길'에서 얻을 수 있
는 것이 아니라 때로는 난폭한 바람 속에서 얻을 수 있는 것이기
도 하니까. 우도의 텐트 아래에서 밤새 바람 소리를 들으며 불안
했지만 그건 다행한 일이기도 했다. 어느 시인이 '바람이 분다. 살
아야겠다.'고 읊조렸듯, 바람 소리에 몸서리친다는 일, 그건 내가
적어도 살아있고, 살아있고 싶어 한다는 뜻이기도 했으니까. 어쨌

든 텐트는 우도에서의 이틀 밤을 그럭저럭 버텨주었고 나는 참치 통조림을 깨끗하게 해치우고 다시 서울로 돌아왔다.

모든 여행은 아름답다. 아름다워야 한다. 현실의 반대말은 비현실이 아니라 여행이다. 여행작가는 그렇게 믿어야 하며 여행작가의 가장 소중한 책무는 여행에 대한 로망을 최선을 다해 보여주는 것이다. 전쟁터 같은 현실에서 독자를 피신시키는 것이다. 세상은 더 이상 외롭지 않고, 우리가 행복하게 살 수 있는 방법은 지평선 너머에도 분명 존재한다는 것을, 그리고 그 방법을 찾는 것은 커다란 배낭을 지고 두 발로 뚜벅뚜벅 걸어 지평선을 넘어가는 것밖에 없다는 것을 사진과 글로 보여주는 것이다. 나는 그렇게 믿는다.

여 행 하 는

사 진 가 의 마 음

주의 깊게 바라볼 것 ; 보아야만, 보려고 해야만 보이는 것들이 있다.

항상 찍을 준비가 되어 있어야 한다 ; 검지손가락은 항상 셔터 위에 있어야 한다. 내 경우 대기 상태의 카메라는 언제나 TV 모드 1/125초. ISO는 자동. 차를 타고 있더라도 언제나 창밖을 보고 있을 것.

약간은 외로워질 것 ; 사진은 자신의 마음과 감정을 표현하는 일이다. 길을 찍지 말고 '외로운 길'을 찍어라.

사람들은 혼자서 표정을 짓지 않는다 ; 상대방이 웃길 원한다면 당신이 먼저 웃어라.

조금만 더 가까이 ; 절대로 후회하지 않는다.

이야기를 넣어 보자 ; 훌륭한 사진은 한 장면 속에 기승전결, 발단 전개 위기 절정 결말을 가지고 있다.

되도록이면 하나의 렌즈를 사용하라 ; 몇 개의 장비를 그럭저럭 다룰 줄 아는 것 보다 하나의 장비를 능숙하게 다루는 것이 훨씬 도움이 될 것이다.

모든 사물은 우리에게 이야기를 건네고 있다 ; 사진을 찍으려 하지 말고 대화를 하려고 해라.

겁 먹지 마라 ; 상대방은 당신이 생각하는 것만큼 당신을 신경 쓰지 않는다.

방법이 아니라 방식이 문제다 ; 당신의 찍는 방법에는 문제가 없다. 하지만 당신의 바라보는 방식에는 문제가 있다.

아름다움이 아니라 아름답게 : 아름답지 않은 것도 아름답게 찍어야 한다. 이건 미학적인 문제다.

단순하게, 단순하게 ; 프레임 안에 담기는 선의 숫자가 적을수록 좋은 사진이다.

역광을 활용할 것 ; 마주 보는 햇빛과 친해져라. 풍부한 색감과 넘치는 감정을 선사할 것이다.

일단 찍어라 ; 다시 한번 말하지만, 일단 찍어라. 찍지 않는 것보다는 낫다. 흔들리고 초점이 맞지 않더라도 찍지 않은 사진보다는 훌륭한 법이지.

때로는 카메라를 내려놓을 때도 필요하다 ; 도저히 안 되겠다면,
셔터를 누를 수 없다면, 어쩔 수 없다. 조용히 뒤돌아서라.

여관에 대한
몇 가지 단상

*

길 떠난 지 오래다.
여관의 간판이 뚜렷하게 그리운 날이 있다.

**

여관에서의 하룻밤. 벽에 묻은 얼룩을 바라보고 창문 틈으로 새어
드는 바람 소리를 듣는 것만으로도 때론 다시없는 위안이어서 나
는 오래 당신을 잊곤 한다.

***

당신이 나의 여생이었다고 생각한 적도 있었지만 이렇게 된 것은
이렇게 될 수밖에 없었던 것. 그 방에 가득하던 지독한 냉기가 어
쩌면 우리가 겪었던 일들의 전부일지도 모른다.

****

여관의 눅눅한 이불을 아무렇지도 않게 덮을 때마다 '나는 다 자
랐다'고 생각한다.

*****

여관에서 눅눅한 이불을 아무렇지도 않게 덮으며 당신을 그리워할 때마다 '당신은 분명한 나의 여생이었다'고 생각한다.

******

여관에서 하룻밤을 보내고 문을 나설 때, 찬란한 햇빛이 이마 위로 쏟아질 때면 인생을 사랑하는 재능은 누구나 갖고 있다고 느낀다.

여행을 갈 때마다 책 몇 권씩은 챙겨간다. 책의 목록은 매번 바뀌지만 반드시 배낭에 넣고 가는 책이 있다. 요세프 쿠델카의 사진집이다.

요세프 쿠델카는 집시 사진으로 널리 알려져 있다. 1938년 태어난 그는 '프라하의 봄'이 실패로 돌아가자 1970년 체코슬로바키아를 떠난다. 그리고 평생을 무국적자로 유랑하며 살아간다. 〈Gypsies, 1975〉〈Exiles, 1988〉, 6×17 파노라마로 촬영한 〈Chaos, 1999〉 등이 그가 펴낸 사진집이다. 1974년 정식 매그넘의 회원이 됐고 지금도 세계에서 가장 사랑받는 사진가 가운데 한 명이다.

그의 오브제는 집시다. 죽은 가족을 떠나보내는 집시, 살인죄를 저지르고 교도소로 가기 위해 수갑을 찬 집시, 실패로 끝난 혁명의 광장 앞에서 쓸쓸히 시계를 보는 집시……. 쿠델카는 이들 곁으로 조용히 다가가 셔터를 누른다. 하지만 다른 사진가들처럼 한 발 떨어져서 냉정함을 유지하지도, 지나치게 가까이 다가가지도 않는다. 쿠델카는 그들과 적당한 거리를 두고 셔터를 누른다. 마치 그것이 자신이 그들을 위해 해 줄 수 있는 모든 일인 듯. 그의 사진을 보다 보면 그가 얼마나 그들을 안타깝게 바라보는지 알 수 있다.

여행지에서 그의 사진집을 펼쳐보곤 한다. 퀴퀴한 냄새로 가득한 여관방에서, 광폭한 바다 앞에서, 끝없이 도망가는 길 위에서, 나는 나의 여행이 외롭거나 막막해질 때면 요세프 쿠델카의 사진집을 꺼낸다. 그가 보여주는 연민과 위로에서 다시 살아갈 몇 모금의 물을 얻었다.

나는 지금 제주도에 와 있다. 일주일째 제주도를 여행하고 있다. 이번 여행은 언제 끝날지 모른다. 지금 다랑쉬 오름 아래에 텐트를 치고 희미한 랜턴 불빛 아래에서 그의 사진을 보고 있다. 다시 한번 깨닫는다. 그래, 어쩔 수 없이 우리의 삶을 굴러가게 하는 것은 연민과 위로다. 그리고 그것은 어쩌면 우리가 여행을 떠나고 사진을 찍는 이유이기도 하다.

벨&세바스찬을
듣는 베란다의 일요일

오랜 여행에서 돌아와
오늘은 일요일이다.

베란다에 앉아 베트남 커피를 마시며
벨&세바스찬의 'I Could Be Dreaming'을 듣고 있다.
하늘에는 먹구름이 가득하다.

여행 후에 오는 약간의 피로와 시차의 노곤함.
내가 진정으로 좋아하고 즐기는 것은 여행이 아니라
어쩌면 여행 후, 정신과 살갗에 남는 여운과 떨림인지도 모르겠다.

당신과의 추억도 그러하다.
사랑의 피로와
당신과의 시차.

오늘은 한동안 잊고 있었던 담배가 궁금하고
그것을 굳이 극복하고 싶지는 않다.

곧, 다시 여행을 떠날 것 같다.

이봐, 여행자

이봐, 여행자.

당신의 얼굴은 너무 필사적이야. 소금 주머니를 진흙탕에 빠트린 것도 아니잖아. 그렇게 심각한 표정을 지을 필요는 없잖아.

내일 일은 내일 생각하자구. 모퉁이를 돌면 새로운 행운이 기다리고 있을 거야. 잊고 있었던 사람을 만나고 시원한 물을 마실 수 있을 거야.

당신은 여행을 떠나온 것이고 이건 분명 여행자만이 가질 수 있는 사고방식이라고.

그리고 하나 더. 까짓거, 될 대로 되라지 뭐.

고양이 혹은 여행자

SLOVENSKA
GLASBA
· · · · · · · · · · ·
SLOVENIAN
MUSIC

고양이는 여행자와 닮았다. 그들의 구부러진 등은 언제라도 떠날 준비가 되어있다는 듯 적당한 긴장감으로 휘어져 있다. 햇볕을 좋아한다는 것도, 따스한 햇볕 아래에서 졸음을 즐긴다는 것도 여행자와 꼭 닮았다. 눈빛은 또 어떤지. 저 멀리 어딘가를 응시하는 듯한 망연한 눈빛은 곧 낯선 자를 경계하듯 날카롭게 바뀐다. 여행자의 눈빛이 그러하다. 한적한 골목을 어슬렁거리기 좋아한다는 것도 적당한 외로움을 즐긴다는 것도 돌아설 때는 주저 없다는 것도 여행자와 닮았다. 친해지는 것을 두려워한다는 것 역시 여행자와 닮았다. 누군가와 지나치게 친해지면 떠나기가 힘들어지기 때문이다.

가
장
외
로
울
때

오랜 여행에서 돌아온 새벽.

인천 공항을 빠져나와 집으로 가는 버스를 기다릴 때.

여행은 혹은 삶은

살아가는 동안
우리가 여행했던 그 길들을
다시 지나갈 수 있을까.

그날의 아득하던 구름과
빗방울이 내려앉던 바다와
햇빛이 쏟아지던 어느 여름날의 창가
그리고 우리 이마 위에서 빛나던 무수한 별자리들.

우리가 기억하는 찬란한 그 순간들을
다시 만날 수 있을까.

시간은 반드시 1초에 1초씩, 1시간에 1시간씩,
하루에 하루씩 앞으로 나아가지만
아, 우리가 지나왔던 음악 같은 장면들.

모든 기억은 행복한 쪽으로 흘러간다.

우리 생의 한 줌을
우리가 지나왔던 길과 시간 위에 조금씩 뿌려놓고 있는 것.
여행은 혹은 삶은.

짧은 인터뷰,
여행작가로
살아가는 일은

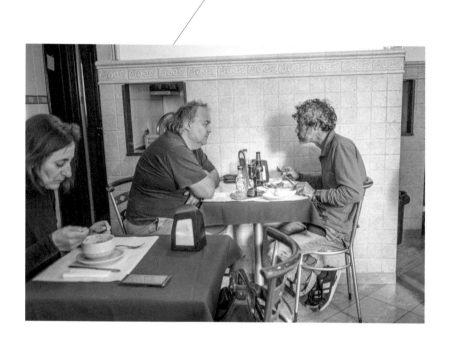

이제 막 여행을 시작한 이들과 이야기를 나눌 때가 있다. 그럴 때마다 꼭 이런 질문을 받는다.

물음 : 여행 도중 지치고 힘들 때가 있습니다. 그럴 때 어떡하나요?
답 : 저 역시 힘들어서 남은 일정을 포기해 버리고 싶을 때가 있습니다. 하지만 어쩔 수 없죠. 이건 내가 해야 할 일이니까요. 아마도 여행하는 일을 그만두고 다른 일을 하더라도 지금의 이 시절을 그리워하게 되겠죠.

물음 : 장기 배낭여행을 계획하고 있습니다. 이번 여행이 처음인데 두렵습니다. 어떻게 준비를 해야 하나요?
답 : 준비를 철저히 하는 편입니다. 가고자 하는 여행지에 대한 자료를 서적과 인터넷을 통해 충분히 조사합니다. 그리고 그것을 조그맣게 프린트해서 수첩에 붙입니다. 물론 일정도 되도록 세세하게 짭니다. 준비물 목록도 만들어서 사소한 것 하나까지 리스트를 만들어 둡니다. 하지만 현지에서는 이것들을 되도록 무시하려고 합니다. 언제나 변수가 생기고 생각지도 못한 멋진 여행지가 유혹하기도 하니까요. 그럴 때면 과감하게 일정을 바꿉니다. 어차피

우리는 우리가 가고자 하는 대부분의 여행지에 처음이니까요.

물음 : 여행에서 우리는 무엇을 얻을 수 있나요?

답 : 아, 이건 너무 어려운 질문이네요. 하지만 한 가지는 분명합니다. 지금까지 제가 가지고 있던 것들이, 놓치기 싫어 그토록 손에 꽉 쥐고 있는 것들이, 사실은 손에 쥔 모래알처럼 별 것 아니었다는 것. 아마도 여행을 떠나지 않았다면 그 사실을 몰랐을 것입니다.

물음 : 여행이 언제나 즐겁습니까?

답 : 저에게는 여행에 관해 말하는, 그 자체가 향유입니다.

물음 : 여행지에서 사진을 찍고, 책을 내는 일련의 과정 중 어떤 과정이 가장 즐겁나요?

답 : 물론, 여행을 하고 있는 그 순간이 가장 즐겁습니다. 현실의 모든 걱정과 의무에서 해방되니까. 아니, 여행지에서도 걱정이 있네요. 다시 돌아가야 한다는 것.

물음 : 일상은 피곤한가요?

답 : 물론 여행보다는 피곤합니다. 하지만 일상이든, 여행이든 진정으로 평화로운 순간은 그다지 많지 않죠.

물음 : 언제나 여행을 떠나야 하는 자신의 처지가 불행하다고 생각해 본 적은 없나요?

답 : 없습니다. 첫 시집을 내며 자서에 '나는 부랑자이거나 방랑자여야 했다'고 썼습니다. 어쩌면 그것은 제 운명에 대한 스스로의 예언이었는지도 모릅니다. 철학자 슬라보예 지젝은 이렇게 말했습니다. "우리는 자신의 운명을 미리 알게 되고 그것을 피하려고 한다. 그런데 예정된 운명이 실행되는 것은 바로 그러한 도망침을 통해서다." 우리가 운명을 벗어날 수 없다면 순순히 받아들이는 것도 이 세계를 긍정하는 한 방법이라고 생각합니다.

물음 : 여행 작가의 일상은 어떠한가요? 하루 일과가 아니라 일 년의 대략적인 스케줄을 물어봐야 할 것 같지만.
답 : 직장인의 생활과 크게 다르지 않습니다. 매달 취재 여행 다니고 글 쓰고 사진 찍고 책 쓰는 것이 생활의 전부입니다. 잡지나 사보, 신문 등에 기고하는 원고는 매달 혹은 매주 마감 일자가 정해져 있기 때문에 규칙적으로 작업해야 합니다. 바쁠 때는 여관에서 원고를 쓰고 전송하는 경우도 있습니다.

물음 : 그동안 단 한 번이라도 여행작가가 된 것을 후회한 적이 있나요?
답 : 없습니다.

물음 : 여행작가를 한 마디로 정의한다면?
답 : 세계의 디테일을 확인하려는 자.

물음 : 훌륭한 여행이란 어떤 것일까요?

답 : 그런 게 있을까요? 단지 취향의 문제일 뿐이라고 생각합니다. 모험을 하든, 쇼핑을 하든, 미술관을 가든, 하루 종일 호텔 수영장에 드러누워 햇빛을 쬐든, 타인의 여행에 대해 왈가왈부하기는 좀 그렇군요. 여행은 그냥 여행이지 '훌륭한' 여행이란 것은 없다고 생각합니다. 훌륭하다는 것, 과연 '누구'에게 훌륭한 것일까요? 훌륭한 여행보다는 좀 더 사려 깊은 여행을 하기 위해 노력하는 것이 낫지 않을까요?

물음 : 당신은 여행을 떠나기 전 무엇을 기도하나요?
답 : 비로소 내 운명을 긍정하고, 나를 겸손하게 하며, 세상을 긍정하게 해 주시옵소서. 나를 지금보다는 조금 더 온전한 한 인간으로 만들어 주소서. 나의 생이 개미 한 마리가 아카시아 잎을 물고 집으로 돌아가는 여정보다 못한 것임을 깨닫게 해 주시옵소서.

물음 : 직장을 다니다 프리랜서가 되었는데요?
답 : 두려움이 없지는 않았습니다. 전기세, 가스비, 보험료, 관리비 등등 사표를 내기로 마음을 먹었을 때 가장 걱정되는 것이 바로 매달 날아오는 이들 '고지서'였습니다. 하지만 어쩌겠어요. 포기할 건 포기해야지. 집 평수는 줄이면 되고, 보험은 해약하면 되고, 생활비는 좀 아껴 쓰면 된다고 생각했어요. 원래 성격이 낙천적이라서 크게 걱정하며 사는 스타일은 아닙니다.

물음 : 가 보고 싶은 곳은 어디인가요?
답 : 아이슬란드. '시규어 로스'라는, 아이슬란드 출신 밴드의 음악

을 듣고 아이슬란드에 가 보고 싶어졌습니다. 음악을 듣고 있는 동안 마치 거대한 오로라 아래에 서 있는 듯한 느낌이 들었습니다. 아이슬란드의 빙하를 보며 백야 아래에서 그들의 음악을 듣고 싶었어요. 여행은 이런 식으로 이루어지기도 하죠. 머나먼 이국의 4인조 밴드에 이끌려 여행을 떠나는 사람도 있는 법입니다.

4.
공항이
그리운 밤

12월 12일쯤,
당신과 나눈 이야기

12월 12일쯤, 당신과 나눈 이야기

고양이의 눈동자, 우기의 루앙프라방, 쿠바, 차마고도, 몽골의 모
래바람, 폴라로이드 카메라, 마당이 있는 집, 비가 새는 지붕, 파도
가 치던 길, 밤하늘의 어두운 뒤편, 맛있는 맥주, 여행자들은 왜 자
신의 편견을 말하는데 주저함이 없는지에 대해, 그리고 우리가 낳
고 길러야 할 아이들에 대해.

그러고 보니 우리는 다가올 생에 대해 기대는 없었고
지나간 삶에 대해 후회는 많았고
잘살아 보고 싶었고.
하지만 뜻대로 되지는 않았고.
폐허를 사랑했고.

내년에는 온전하고 곤한 꿈을 꾸고 싶다고.

그리고 정말로 정말로 떠나고 싶다고.
그곳이 어디든 상관없으니까.

어느 날 인생은
우리를 물끄러미

우리는 어떻게 늙어가는가, 늙어가야 하는가. 요즘 내가 품고 다니는 물음이다. 이런 다소 거창한 물음을 가지게 된 이유는 '뭔가 스스로를 존경할 만한 질문 하나를 가지고 살아 보자' 이런 이유 때문.

우리가 죽는다면 모든 게 한 줌 먼지로 돌아간다는 건 알고 있고, 별들은 끝없이 서로 멀어지고 있고, 우린 또 어쩔 수 없이 늙어가는 거니까.

나는 뭐 하고 살아왔지? 왜, 살고 있었지? 영문도 모른 채, 말하자면 그냥 떠밀려 온 거야. 마지막 스퍼트를 해야 할 순간에 이런 끔찍한 생각은 하지 말자는 거다. 마라토너는 결승점이 있기 때문에 달리는 게 아니겠니?

오늘부터 인류를 위한 걱정도 조금 하면서 파키스탄 사막 고양이와 북극곰의 개체 수에 대한 걱정도 조금 하면서 그리고 좀 쉬어가면서, 스스로에게 칭찬과 격려와 위로도 날리면서 그렇게 좀 살아보려고 한다. (꼭 두서가 있을 필요는 없겠지.)

어느 날 우리가 지나온 인생은 우리를 물끄러미 바라보고 있을 것인데.

木

처음부터 슬픔을 안다는 듯이 서 있었더군.
가지 없이
뿌리 없이
두 개의 막대기로 겨우 서 있더군.

옥편을 펼쳐보니 저 자세
처음부터 슬픈 자세는 아니었더군.

깃들다 가는 것이 많은 줄 알았는데
노을이나
새소리나
안개 진눈깨비 따위,
사실은 죄다 어디에선가 밀려온 것들이었더군.

가끔 잃은 이들이 흘러와
노래나 악기를 부려놓고도 갔더군.

저것은 도대체 아무 미련 없는 저 자세로 어디로 가려는지.
어깨 위에 훌쩍 올라타면 될런지.

아아, 그런데 누군가 내 위에 훌쩍 올라타고 있는 건 아닌지.
우리가 세월, 혹은
아이라고 부를 수 있는 것들이 아닐런지.

카
메
라

활
용
법

기분이 우울할 땐, 이 세상이 약간 지루하다고 느껴질 땐 카메라를 들고 천천히 산책을 해 보세요. 당신이 발을 디디고 있는 이곳이 당신이 생각했던 것보다 훨씬 아름답다는 것을 알 수 있을 거예요.

담 아래 핀 채송화에 어룽대는 햇빛이 보일 수도 있을 거예요. 햇빛이 투명한 게 아니라 붉고, 푸른, 노랑, 주황, 보라, 초록색을 가지고 있다는 것도 알게 될 거예요.

여름 햇살에 빨래가 말라가는 장면이 새삼스러울지도 몰라요. 하얀 티셔츠에서 물방울들이 푸른 하늘을 향해 날아가는 걸 보게 될 거예요. 물론 기분도 한결 가벼워질 거구요.

베란다에 놓아두었던 꽃기린 화분에 손톱만 한 붉은 꽃이 피었다는 것을 알게 될 수도 있어요. 그 꽃은 사실 아주 오래전부터 당신이 바라봐 주기를 기다리고 있었다는 것도 알게 될 거예요.

떨어진 낙엽이 별을 닮았다는 것도, 나비가 흰 열무 꽃잎을 닮았다는 것도, 개망초꽃에서 얇고 투명한 섬광이 나온다는 것도 알게 될 거예요.

그리고 지금 당신 옆에 앉아 있는 사람의 귀밑머리가 예쁘다는 것도, 그녀의 뒤꿈치가 달걀처럼 동그랗게 생겼다는 것도 알게 될 테니까.

그리고 이것들이 모여 우리의 사랑스러운 삶을 이루고 있다는 것도 알게 될 거예요.

4
월
내
소
사
에
서

이 기분 좋은 햇빛들.
햇빛 속에서 여려졌다 짙어지는 분홍의 빛깔들.

4월 내소사.
난분분 휘날리는 벚꽃잎 아래에서 오늘은 생활을 잊고
마음이 상냥하다.

꽃 이파리들 속에 몸을 깃들이고
오래도록 이 봄을 감각하고 싶다.
꽃의 체온과 숨결이 몸에 배일 정도로 오래도록.

더 이상 청춘도 없고
사랑도 없다는 것을 알지만
그래도, 그래도 생은
아직 나를 사랑하고 있으리라 믿어 본다.

꽃, 햇빛이 꾸는 꿈.
햇빛의 분홍빛 거처.

때맞춰
찾아와 주는 것들이
고맙다

지난주 강진에 다녀왔다. 봄이 한창이었다. 월출산 아래 자리한 강진 다원. 봄 햇살 속에서 영롱하게 빛나는 녹찻잎이 눈부셨다. 근처 자리한 찻집에서 녹차를 마시며 창밖으로 보이는 봄 풍경을 만끽했다. 다산초당에서 백련사 가는 길도 걸었다. 오솔길에는 동백이 낭자했다. 행여나 밟을까 발걸음이 내내 조심스러웠다. 영랑 생가에도 갔다. 마당 한구석 장독대에는 봄 햇살이 오글거리며 고여 있어 오래도록 바라보았다.

봄 음식도 배불리 먹었다. 기름지고 풍요로운 강진 땅. 들판과 바다에서 철마다 맛있는 식재료들을 풍성하게 쏟아낸다. 이번 여행에서는 주꾸미와 바지락을 먹었다. 모두 봄이 제철인 음식이다. 주꾸미는 산란기를 앞둔 4~5월이 가장 맛있다. 알이 꽉 차 있다. 샤브샤브로 먹는 것이 제일 좋다. 바지락도 봄에 맛있다. 영랑생가에서 가까운 어느 허름한 가게 문을 열고 들어가 바지락회 무침을 시켰다. 강진만에서 캔 바지락에 미나리와 죽순을 넣고 새콤달콤한 양념으로 버무렸다. 한 젓가락 떠 넣자마자 입안 가득 봄으로 넘쳐났다. 아침으로는 백반을 시켰다. 먼저 나온 커다란 양은 쟁반에는 반찬이 담긴 접시 14개가 올려져 있었다. 여기에 밥과

찌개가 더해졌다. 그러고도 7천 원이었다.

강진 봄 여행의 마지막 일정은 백운동 정원이었다. 조선 중기 선비 이담로가 지은 별서 정원이다. 까마득히 잊혔다가 다산이 시를 짓고 초의선사가 그림을 그려 만든 〈백운첩〉이 발견되면서 복원됐다. 백운동 정원 가는 길, 어둑한 숲길을 지나자 담장 옆 커다란 목련 나무 한 그루가 여행자를 맞았다. 세상의 모든 봄을 품고 있는 듯 환하게 피어 있었다. 찬란해서 눈부셨다. 누군가 '우와'하고 탄성을 쏟아냈다. 누군가는 '어머나'하고 주저앉았다.

나이가 드나 보다. 예전에는 아무렇지도 않았던 풍경들이, 아무것도 아닌 것들이 새삼 고맙다. 그것들은 대부분 때맞춰 우리 곁으로 찾아와 주는 것들이다. 그러니까 동백이며 목련, 주꾸미며 바지락 같은 것들, 그것들은 잊지 않고 우리를 찾아와 우리 곁에 한동안 머물다 떠나간다. 당연한 일인데, 그 사실이 참 고맙다.

계절은 어떻게 때가 되면 우리 앞으로 어김없이 찾아오는가. 와서는 눈부신 풍경과 맛있는 음식들을 펼쳐놓는가. 강진, 봄빛 속을 천천히 걸었던 시간들. 봄볕에 손등을 따스하게 데우며 돌담에 기대었던 시간들. 목련 그늘은 점점 짙어져 발걸음은 오래도록 그 아래를 맴돌았다.

어디선가 바람이 불었다. 목련 꽃잎 몇 장이 엽서처럼 후드득 떨어졌다. 지금 만난 것들은 내년 이맘때 또 우리를 찾아와 줄 것이기에, 그것을 알고 있기에 보내줄 수도 있는 것이다. 봄, 왔는가 싶었는데, 어느덧 가고 있다.

아
팠
네
요

한 달 동안 너무 아팠네요.
허리, 머리, 다리, 어깨 모두 다.
지금까지 살아오면서 이토록 온몸이 한꺼번에 아픈 적이 없었는
데.
약간 무섭기도 했습니다.

아프면서, 어느덧 지켜야 할 것이 있는 나이가 되었다는 생각이
들었습니다.

필
사
적

사랑에 관해 우리는 필사적이어야 한다고 썼다가

이내 생활에 관해 우리는 좀 더 필사적이어야 한다라고 고친다.

다음 일은
다음에 생각하자

서울 퇴계로에 가끔 가는 식당이 있다. 인현시장 입구에 자리한 밥집이다. 근처 시장 상인들과 을지로에 기대 밥을 먹고 사는 직장인들이 점심, 저녁 한 끼를 때우기 위해 찾는다. 고등어, 삼치 등 생선구이 백반과 두루치기, 순두부를 판다. 이 집 가까이 가면 고소한 생선구이 냄새가 코를 행복하게 한다.

이 집은 점심, 저녁 없이 늘 붐빈다. 점심시간에는 줄도 서야 한다. 생선구이 백반 하나 시켜보면 7천 원. 이 정도 가격에 이런 밥을 먹을 수 있다니 하고 놀란다. 생선도 노릇하게 잘 구웠고 쟁반에 담겨 나오는 반찬도 하나하나 맛깔스럽다. 점심에는 갓 지은 밥을 담아 준다. 문을 연 지 30년은 족히 넘었을 텐데, 오랜 시간 사람들의 발걸음으로 문턱이 닳는 이유는 이 때문이리라. 저녁이면 힘든 하루 일을 마친 사람들이 막걸리 한 병과 생선구이 하나 시켜 놓고 공깃밥 한 그릇을 먹고 있다. 고된 일을 마치고 집에 가서 밥을 차리느니 밖에서 한 끼 해결하고 들어가는 게 훨씬 싸게 먹히기 때문일 것이다.

수표로에도 가끔 가는 식당이 있다. 퇴계로의 식당과 별반 다를 것 없는, 골목 사이에 숨은 백반집이다. 점심에는 반찬 서너 가지를 곁들인 백반을 팔고 저녁에는 수육과 홍어찜 등 술안주를 내놓는다. 청국장과 순두부 백반이 고작 6천 원이고 보쌈 한 접시가 1만 5천 원이다. 손님이 없으면 일찍 문을 닫고 손님이 있으면 새벽 두 시까지 안주를 봐 준다.

이 집에는 주로 아홉 시 넘어서 간다. 미닫이문을 드르륵 열면 테이블이 네 개 정도 놓여 있고 한편에 방이 있다. 주인아주머니는 주방 앞 빈 테이블에서 쌈 채소와 멸치볶음을 놓고 양은국그릇에 밥을 담아 늦은 저녁 식사를 한다. 아주머니의 식사에 방해가 될까 봐 냉장고에서 막걸리 한 병을 '셀프'로 꺼내와서는 마신다. "아주머니, 식사 천천히 끝내고 홍어찜이나 하나 해 주세요."

이 두 집에 요즘 눈에 띄게 손님이 줄었다. 코로나19 사태 때문이다. 비단 이 집들 뿐만이 아닐 것이다. 서울, 아니 우리나라, 전 세계의 식당에 손님이 줄었다. 줄었다가 아니라 아예 없다. 주변에 요식업에 종사하고 있는 지인들이 많은데, 다들 매출이 70퍼센트 정도 감소했다고 한다. 평소 같으면 자영업 하는 사람들 특유의 엄살이겠거니 하고 여기겠지만, 요즘 분위기로는 그게 아닌 것 같다. 우선 나부터 원고청탁, 강연, 출장이 다 끊겼다. 스케줄러가 휑하다. 모든 직종, 모든 사람들이 다 힘들다.

두 집 모두 이 힘든 시기를 잘 버텨 내시기를. 바이러스가 사라지면 다시 이 두 집 문턱이 닳도록 드나들 테니 말이다. 가서 막걸리

한 잔 가득 부어드리며 얼마나 고생이 많으셨냐고 말씀드리고 싶다. 부디 다들 견디시기를. 그다음 일은 다음에 생각하자.

잘 지내나요,
내 인생

앓던 사랑니를 뽑았다.
통증 하나쯤 몸에 지니고 사는 것도 괜찮으려니 했는데
그런 것도 사랑 아니겠냐고 여겼는데
뽑고 나니 마음이 그믐달처럼 적막하다.

저녁에는 물에 밥을 말아 먹었다.
밥알이 입속에서 헛돌았다.
밥을 먹으며 슈베르트의 겨울 나그네를 들었다.

부다페스트에서 당신과 이별하던 때가 이랬다.
당신은 늘 옆에 있을 거라고 생각했었다.
어제 쓰던 그릇처럼
언제나 곁에 놓여 있을 거라고 여겼다.
.

.

.

.

붙들 수 없는 것들이 자꾸만 늘어난다.
내일도 아마 비슷한 하루가 될 것이고.

잘 지내나요, 내 인생.

일을 1/2로 줄였다.
일부러 그렇게 했다.
일을 너무 많이 하고 있다는 생각이 들었다.
하루도 쉬지 못하는 달이 많았다.

당연하게도 수입이 1/2로 줄어들었다.
크게 걱정하지는 않는다.
각오했던 일이기도 하고.

오늘부터 저녁 식사를 1/2로 줄이기로 했다.
조금씩 욕망을 줄이는 연습.

말도 1/2로 줄이기로.
꼭 해야 할 말만 할 것.
해야 할 말도 참을 것.

식탁 앞에 '1/2'이라고 써서 붙였다.
마음이 뿌듯하다.
조금 괜찮은 인간이 된 것 같기도 하고.

양에 대한 욕심을 버리는 대신 질에 대한 집착은 1/2 늘여 보자.
스타일 있게, 가려서, 더 좋은 걸로.

철학과 스타일

일을 하면 할수록
철학과 스타일이 중요하다는 생각이 든다.

나만의 철학과 나만의 스타일을 지닐 것!
그것을 지키기 위해 노력할 것!!

이제 그럴 때가 됐다.

(비문이 있어도 괜찮아. 초점이 조금 안 맞아도 상관없어. 철학과 스타일이
없는 이만큼 불쌍한 존재는 없지.)

할 수 있는 일보다 할 수 없는 일을 더 확실하게 알 수 있는 나이.

새로운 직장을 위해 이력서를 쓰기가 쑥스러운 나이.

자신이 더 이상 특별한 존재가 아니라는 것을 알게 되는 나이.

혼자서 영화관 가는 일을 아무렇지도 않게 받아들이는 나이.

따뜻한 공기가 빠져가는 벌룬처럼 서서히 추락하고 있다는 느낌
이 들기 시작하는 나이.

로맨틱 코미디가 재미없어지는 나이. 영화처럼 달콤한 일은 더 이
상 내 주위에서 일어나지 않을 것이라는 걸 알기 때문. 차라리 판
타지가 재미있어지는 나이. 영화는 단지 영화일 뿐이라는 걸 알게
되는 나이.

기율과 위계의식, 연대의식……. 이런 것들에 대해 서서히 신경을
쓰게 되는 나이.

도대체 어찌할 수 없는 편견이 서서히 쌓여가는 나이. 하지만 상대방의 편견을 존중하기는 어려운 나이.

'일상을 뒤엎는 전복적인 모험'을 감행하기에도 그렇다고 포기하기에도 이른 어정쩡한 나이.

파격이 아니라 품격이, 파행이 아니라 고행이 필요한 나이.

나를 결정하는 것은 나의 취향. 자신이 사랑하는 음악, 미술, 사진, 문학, 패션, 음식이 자신을 말해 주는 나이.

죽음이란 게 그저 육체의 한 현상일 뿐이라는 사실을 허심탄회하게 받아들일 수 있는 나이.

자신이 지워지지 않는 얼룩인지도 모른다는 생각이 드는 나이. 그래서 약간 우울해지는 나이.

뭔가 필요한 자질구레한 것이 많아지는 나이. 그리고 그것들의 가격이 점점 비싸지기 시작하는 나이.

서른다섯, 아직도 출근을 위해 새벽 여섯 시에 일어나는 일은 어렵고 혼자 남겨지는 건 더더욱 두렵고, 그래도 아직은 '계획'이라는 말보다는 '꿈'이라는 말이 더 좋고. 그래도 아직은 호기심이 나의 가장 큰 자산!

공항이 그리운 밤

남은 세월, 어떻게 먹고 사나 하는 걱정에
숨이 턱, 막힐 때가 있다.

오직 먹고 사는 문제로 '만' 가슴이 답답하고
밤새 잠이 오지 않는다.
단지 살기 위해 음악을 들어야 하는 날들도 있다.

내가 아침마다 꽃기린 화분에 물을 주는 이유가
못 견디게 힘겹고 외롭고 슬퍼서라는 사실을
당신이 눈치채지 못한다면 좋겠다.

공항이 그리운 밤이다.

나
이
가
든
다
는
건

달걀로 바위를 깨트릴 수 있다고 믿었던 시절이 있었다. 지금은 뭐, 바위로 달걀을 깨트릴 수 있다고 해도 일단 의심하게 된다.

'좋아'가 아니라 '나쁘지 않아'라고 이야기하게 된다.

정말, 그런 걸까? 라는 생각을 먼저 하고 본다.

웬만한 위기는 거짓말로 극복할 수 있게 된다.

그랜드 캐니언이나 북한산이나.

자주 아픈 게 아니라, 아픈 게 회복되는 시간이 더디다.

뭔가 중요한 말을 꺼내려고 할 때는 나도 모르게 손바닥으로 두 뺨을 문지르기 시작한다.

다른 사람에게 가슴 아픈 말을 했을 때보다 교통법규를 어겼을 때, 약속 시간에 늦었을 때 더 큰 죄책감을 느낀다.

당신은 그저 나의 습관.

이건 내 책임이 아니야. 어쩔 수 없었어.

훗날의 내 아이에게

오픈 마인드와 비권위주의

유머와 위트가 넘치는

유연하며 긍정적으로 사고하는

뭐든지 가능하다고 믿는 사람으로

다른 사람의 이야기를 경청하고 그 의견이 맞다면 따르는,

그런 사람이 되었으면.

인간이 가진 가장 큰 능력 가운데 하나는

웃을 수 있다는 것을 알고

절망 앞에 무릎을 꿇는 것보다

절망 앞에서 희망을 가지는 것이

건강에도 훨씬 유익하다는 것을 아는 사람이 되었으면.

그랬으면.

사랑할 수 있을 때
더 사랑하자

지금 전남 보성 벌교에는 꼬막이 한창 나고 있다. 지난주 찾은 벌교 시장에는 꼬막 자루가 시장 거리에 수북하게 쌓여 있었다.

우리가 흔히 먹는 꼬막은 새꼬막이다. 껍데기 골의 폭이 좁고 표면에 털이 나 있다. 고급 꼬막은 참꼬막이다. 새꼬막이 배를 이용해 대량으로 채취하는 반면 참꼬막은 갯벌에 사람이 직접 들어가 캔다. 제사상에 오르기 때문에 '제사 꼬막'으로도 불린다. 완전히 성장하는 기간도 참꼬막은 4년이 걸리지만 새꼬막은 2년이면 충분하다. 가격도 참꼬막이 새꼬막에 비해 다섯 배나 비싸다. 벌교에 사는 지인은 "참꼬막은 비싸서 아버지 제삿날에나 한 움큼씩 올리곤 했지"하고 말했다.

초등학교 시절, 어머니는 양념에 무친 꼬막을 도시락 반찬으로 싸주시곤 했다. 경상도가 고향이라 꼬막 구하기도 쉽지 않았을 뿐더러 손질하는 데도 여간 수고가 드는 것이 아니었다. 아마도 꼬막 씻어보신 분들은 아시리라.

꼬막을 도시락 반찬으로 싸갈 수 있었던 것은 아버지가 술안주로 꼬막을 즐기셨기 때문이다. 아버지는 밤늦게까지 데친 꼬막을 앞에 두고 막걸리 잔을 홀로 기울이시곤 하셨다. 달짝지근한 막걸리 맛과 비릿한 꼬막 한 점의 맛을 초등학생 아들은 이해할 수 없었다.

아버지가 꼬막에 막걸리를 드신 다음 날 아침상에는 매생잇국이 올라왔다. 푸른 매생이가 넘실거리는 대접에는 토실한 굴 몇 개가 담겨 있었다. 아버지는 나무젓가락으로 매생이를 집어 드셨고 국이 식으면 대접째 훌훌 들이키셨다.

벌교와 마주한 장흥 내전 마을 앞 차가운 바닷속에서는 매생이가 너울거리며 자라고 있다. 딱 이때만 먹을 수 있다. 〈자산어보〉에는 '매산태'라고 나와 있다. "누에의 실보다 가늘고 쇠털보다 촘촘하며 길이가 수척에 이른다. 빛깔은 검푸르다. 국을 끓이면 부드럽고 서로 엉키면 풀어지지 않는다. 맛은 매우 달고 향기롭다"고 했다.

취재를 해 보니 매생이가 나는 기간이 점점 줄어들고 있었다. 수년 전만 해도 12월 초에서 이듬해 3월 중순까지 채취할 수 있었는데 올해는 12월 15일 처음으로 땄다고 한다. "아마 2월 말까지는 딸 수 있을 것 같다"라는 것이 내전 마을 어촌계장의 설명이었다. 바다가 점점 따뜻해지고 있기 때문이다.

서울에 돌아와 벌교 시장에서 사 온 꼬막과 장흥에서 사 온 매생이탕을 놓고 막걸리를 마셨다. 그 옛날 아버지처럼 우두커니 겨울밤 앞에 앉아 있었다. 한 해가 얼마 남지 않은 겨울밤, 그러니까 우리가 살 날이 한 해 만큼 더 줄어들게 된 그 겨울밤, 꼬막 하나를 집어 먹으며 모든 음식에 제철이 있듯, 모든 일에도 해야 할 '때'가 있으며, 그때는 지나가면 다시 오지 않는다는 것을 알게 됐다. 아버지 돌아가신 지 일주일이 된 그 겨울밤, 올해는 사랑할 수 있는 것들을 더 사랑할 것이라고 생각했다.

어쨌든, 오늘은 크리스마스 이브니까

오늘 하루쯤은 목도리를 두른 듯
세상에 대해 조금 관대해지자고 생각한다.

집을 나서며
'당신을 만난 뒤 세상을 살아야 할 이유가 하나 더 생겼어'라는 문
장을 수첩에 꾹꾹 눌러 적어 본다.

수첩에는 어제 적어 놓은 크리스마스 선물 목록이 쓰여 있다.
아, 우리 생의 목차도 이렇게 평화로웠으면
크리스마스 캐럴처럼 두근거렸으면
세상이 꽃의 내부처럼 환했으면
오늘 하루 정도는 이런 바람을 가져도 되지 않을까.

생이 비디오 사용 설명서처럼 명확한 것이 아니라는 것을,
버튼을 누르는 대로 척척 돌아가는 것이 아니라는 것은 잘 알고
있지만,

어쨌든 오늘은 크리스마스 이브니까.

5.
세상과는
무관한 사람

허무를 이기기
위해 떠나는 거죠

단지 아름다운 것을 보고 있다는 사실만으로 행복해질 때가 있다. 오월의 장미나 저물녘 노을 속에 서 있는 미루나무 한 그루 또는 유카타를 입은 여인의 목선 같은. 그리고 단지 맛있는 것을 먹고 있다는 사실만으로도 행복해질 때가 있다. 잘 뽑아낸 우동 가락이 흘러내리지 않도록 조심스럽게 젓가락으로 집어 올릴 때처럼, 육즙 가득한 스테이크를 나이프로 자를 때 혹은 버터 향 가득한 크루아상을 한입 가득 베어물 때 불현듯 밀려오는 행복감.

여행의 가장 큰 즐거움은 먹는 것이다. 이 말에 이의를 달 사람은 별로 없을 듯싶다. 우리는 카오야를 먹기 위해 베이징에 가고, 파리의 미슐랭 스타 레스토랑에서 기꺼이 지갑을 연다. 누군가에겐 마추픽추라는 불가사의 앞에 서는 것보다 월드 베스트 레스토랑 4위에 랭크된 '센트럴'의 테이스팅 코스를 맛보는 일이 페루 여행에서 더 우선이고 감동으로 다가올 수도 있다. 여행은 어쩌면 먹는 게 반이다. 아니 전부일 수도 있다.

가장 행복했던 여행 중 하나가 호주 태즈매니아였다. 캠퍼 밴을 타고 여행했는데 오전에는 트레킹을 했고 오후에는 와이너리를 돌아다니며 온갖 품종의 와인을 시음했다. 저녁이면 캠핑장 의자에 앉아 낮에 사 온 와인을 마시며 망중한을 보냈다. 와인빛으로 물들던 파이퍼스강의 노을과 노을이 물러간 뒤 밤하늘 가득 돋아나던 별들. 그 별들 아래에서 나는 생활에 지쳤거나, 일에 지쳤거나, 사람에 지쳤거나, 혹은 자기 자신에게 지쳤을 때, 세상과 불화할 때, 사랑하는 누군가와 헤어졌을 때, 어디론가 숨어 버리고 싶을 때 스스로를 위로하는 방법은 여행이라고 확신했다. 그리고 아침에 창문을 열었을 때 눈 앞에 펼쳐지는 낯선 풍경이, 낯선 이가 건네는 따뜻한 차 한 잔이 엉망진창인 우리 인생을 위로해 준다고 믿기로 했다.

우리 인생에서 먹고 마시는 일을 빼고 나면 뭐가 남을까. 인생은 허무한 것이고, 그 허무의 날들을 이겨내기 위해 우리는 사랑을 하고 여행을 떠난다. 살아가는 일은 채워가는 것이 아니라 비워가는 것이다. 그러니까 인생의 본질은 낭비인데, 그 낭비의 가장 좋은 방법은 여행이고, 여행은 곧 먹고 마시는 일이 아닐까.

거기엔
거기에 맞는
가장 맛있는 방법이
있더라구요

양고기를 먹고, 양고기를 먹고, 양고기를 먹었다. 몽골 여행에서였다. 칭기즈칸 공항을 빠져나와 맞이한 몽골에서의 첫 식사는 양고기스테이크와 양고기찜이었다. 샐러드에는 커다란 양고기 조각이 들어가 있었다. 몽골 사람들도 채소를 먹긴 먹는구나. 다음 날 게르에서 일어나 처음 먹은 음식은 양고기가 가득 들어있는 커다란 튀김 만두였다. 한 입 베어 물자 양고기 육즙이 가득 흘러나왔다. 양고기 만둣국도 나왔다. 육향이 진했다. 테를지 국립공원을 빠져나와 사막으로 가는 길, 휴게소에서는 양고기 국수를 먹었다. 가이드는 몽골 사람들이 가장 좋아하는 음식 가운데 하나라고 말했다.

사막 취재를 마치고 게르로 돌아오니 몽골 전통 양고기 요리인 '허르헉'이 준비되어 있었다. 양고기를 큼직하게 잘라 감자, 당근 등의 채소와 함께 양철통에 넣은 후 불에 달군 돌을 통에 넣어 뚜껑을 닫고 1시간 정도 익힌 후 먹는 요리다. 양고기 특유의 진한 맛을 느낄 수 있다. 취재를 함께 간 어느 기자는 양손으로 양고기를 뜯으며 송곳니가 자라는 것 같다고 우스갯소리를 했다. 다음 날, 운전기사는 운전하는 틈틈이 어제 먹다 남은 양 갈비를 뜯어

댔다. 간식이었다. "에이 설마, 그럴 리가"하고 생각하는 사람도 있을 것이지만, 내 대답은 "어, 근데 정말 그랬어"다. 몽골에서 보낸 일주일 동안 양 한 마리는 먹은 것 같다.

울란바토르에 유명한 북한식당이 있다고 하길래 가이드에게 특별히 부탁을 해 가서 냉면을 먹었다. 가이드는 불고기를 먹었다. "한국 사람들은 이 음식을 왜 먹는 겁니까? 차갑고 밍밍한 국물에 아무 맛도 안 나는 면을 넣은 이 음식이 그렇게 맛있습니까?" 가이드가 냉면을 쳐다보며 말했다. "게다가 고기도 겨우 두세 점 올라있을 뿐이잖아요." 그는 입속으로 허겁지겁 면발을 밀어 넣는 나를 신기한 눈으로 바라보았다. 오늘 냉면이 먹고 싶어 서울의 어느 유명한 냉면집 냉면을 찍어 가이드에게 '카톡'으로 보냈는데, 그는 이렇게 답장을 보내왔다. "참, 어떻게 먹는 거에다 얼음을 넣을 생각을. 어쨌든 이해 불가!"

"몽골 사람들은 풀은 안 먹습니까?" 초원을 지나며 내가 물었을 때 그는 초원에서 풀을 뜯고 있는 양들을 가리켰다. "양들이 풀을 먹잖아요. 우린 그 양들을 먹구요. 그러니 풀도 먹는 셈이죠." 음, 그럴 수도 있겠군. 그가 설명했다. "2주 뒤면 저 초원의 풀이 남아 있지 않을 거예요. 양들이 다 뜯어먹죠. 언제 밭 일구고 씨 뿌리고 채소를 기릅니까." 음, 그렇군. 거기엔 거기에 맞는 가장 맛있는 방법이 있는 것이다.

모른다고
즐기지도 못합니까

화이트 와인은 쇼비뇽 블랑을, 레드 와인은 피노 누아를 좋아한다. 프로슈토가 올라간 피자를 먹을 때는 레드 와인을, 굴 요리(거창한 게 아니다. 그래 봐야 굴튀김 정도다.)를 먹을 때는 화이트 와인을 선택한다. 아마도 대부분의 사람들이 그럴 테지만.

와인에는 레드와 화이트가 있고, 레드에는 카베르네 쇼비뇽과 쉬라 등이, 화이트에는 샤도네이와 쇼비뇽 블랑 등이 있다고 알고 있다. 내가 아는 와인에 관한 지식은 여기까지다. 더 알기도 싫다. 수많은 품종을 외우기도 귀찮고 빈티지를 따져가며 와인을 고르고 싶지 않다. 와인 한 모금 마시고는 '안개 자욱한 새벽의 들판을 걷는 것 같다'는 품평을 하는 사람을 보면 정말 그런 경험을 해보았는지 궁금하다(나만 그런 경험이 없는 것일까?). 어떤 와인은 체리 향을 품고 있다는 평을 들은 적이 있는데, 사실 나는 체리 향을 한 번도 맡아본 적이 없다. 그래도 나는 와인을 좋아하고 즐겨마신다.

어느 이탈리안 레스토랑에서 파스타와 피자, 스테이크를 놓고 몇명이서 와인을 마시게 됐는데, 어느 고집 센 음식 칼럼니스트는 끝내 와인을 마시지 않았다. "난 와인 잘 몰라." 그가 와인을 마시지 않는 이유였다. 그는 식사가 끝날 때까지 그 훌륭한 스테이크를 물과 함께 먹었다.

음식에 대한 지식을 쌓고 공부하는 것을 비난하자는 것이 아니다. 소설과 시, 음악, 영화, 미술을 즐기기 위해 공부와 연습, 훈련이 필요하듯 미식 역시 마찬가지다. 더 잘 알면 더 잘 즐길 수 있다. 우리가 음식에 대해 진지하게 공부하는 것은 허세를 부리기 위해서가 아니다. '이게 뭐가 맛있다는 거야?' 하며 남을 타박하기 위해서는 더더욱 아니다. 더 높은 수준의 즐거움을 느끼기 위해 그러는 것이다.

음식을 맛있게 먹기 위해 가장 먼저 해야 할 것은 일단 맛있게 입으로 가져가는 것이 아닐까. 음식의 재료를 알고 조리법을 아는 것은 그 뒤의 일이다. 융통성도 없고 붙임성도 없이 음식을 먹고 싶진 않다. 그렇게 세상을 살고 싶지도 않다.

음식의 변증법

이탈리아 중북부 동해안에 자리한 마르케 지역은 이탈리아인들이 휴양지로 즐겨 찾는 곳이다. 이곳에 자리한 항구 도시 세니갈리아에 미슐랭 2스타 레스토랑 '울리아시'가 있다. 오너 셰프 마우로 울리아시가 운영한다. 깊은 눈과 멋지게 쓸어 넘긴 곱슬머리를 가진 남자다. 그의 레스토랑에서 그라시니와 푸아그라를 이용한 파테, 멸치와 해초를 이용해 만든 스낵, 성게를 이용한 푸실리 파스타 등을 먹었다. 물론 아주 맛있었다. 말로 표현 못할 만큼.

그가 내준 많은 요리 가운데 내 입을 가장 놀라게 한 건 한치회였다. 약 1cm 넓이로 썰고 올리브 오일을 뿌린 한치회가 투명한 접시에 담겨 나왔다. 입에서 살살 녹았다. "얼마 전 떠났던 일본 여행에서 영감을 얻어 만든 요리입니다." 그가 눈을 찡긋하며 말했다.

페루 리마의 레스토랑 '마이도'는 '2016년 월드 베스트 레스토랑'에서 13위에 올랐다. 페루는 세계에서 가장 독창적이면서도 풍성한 요리를 선보이는 나라다. 태평양과 아마존에서 나는 풍부한 식재료 위에, 스페인 식민 문화, 중국과 일본의 이민 문화가 더해진 까닭이다. 미국과 일본에서 요리를 공부한 셰프 '미쓰하라 쓰마라'는 그의 요리를 '닛케이 푸드'라 부른다. 일본 스타일이 가미된 페루 요리라는 뜻이다. 약간 알쏭달쏭한 그의 요리는 '어느 나라 음식'이라고 명확하게 정의를 내리기 어렵다. 차가운 돌판 위에 질소로 얼린 레몬 가루를 뿌린 세비체, 고추냉이 없이 소의 목 힘줄과 메추리알의 노른자를 올린 초밥 등 어디선가 먹어본 듯한 음식이지만 처음 맛보는 요리이기도 하다.

얼마 전 한 음식 칼럼니스트가 왜 한식에 와인을 페어링해야 하는지 이유를 모르겠다고 고개를 흔드는 것을 본 적이 있다. 왜 한식에 와인을 페어링하면 안 되는 거죠? 전 불고기에 소주를 마시는 것도 좋지만, 카베르네 쇼비뇽을 마시는 것도 좋아한다구요. 그에게 묻고 싶었지만 참았다. 식사 자리를 망치고 싶지 않았기 때문이다. 베트남 음식에 반드시 베트남 술을 마셔야 하는 것은 아니잖아요.

전통을 지키는 것도 좋지만 가꾸는 것도 그만큼 중요하지 않을까. 우리가 지금 먹고 있는 김치는 처음 등장했을 때의 그 모습이 분명 아닐 것이다. 역사도 문화도 받아들이고 합치고 교류하는 과정을 통해 발전한다. 음식도 마찬가지다. 울리아시의 요리도 이탈리아 요리이고, 미쓰하라의 요리도 페루 요리다.

잘 먹었습니다,
오늘도 좋은
공부를 했습니다

에티오피아에 다녀왔다. 수도인 아디스아바바를 출발해 진카와 아라브민치, 하와사, 발레 로베, 봉가, 짐마, 드레다와, 하라르 등지를 보름 동안 여행했다. 일정 중 삼분의 일을 씻지 못했다. 배탈이 난 사람도, 벼룩에 물려 여행 내내 허벅지를 긁어대는 일행도 있었다. 모든 여행이 그러하듯 가장 힘든 여행은 이번 여행이고, 모든 여행이 그러하듯 가장 그리운 여행은 지금 막 끝난 여행이다. 파주의 장맛비 소리를 들으며 깨는 아침, 동네 길바닥에 주저앉아 마시던 에티오피아 커피가 가장 먼저 생각난다.

여행은 우리가 상상치 못했던 비현실적인 현실 혹은 장면 그리고 사건과 마주하는 일이라고 생각한다. 우리가 예상했던 모든 것이 빗나가도, 말도 안 되는 행동을 저질러도 아무렇지도 않은 것이 여행이다. 새벽녘 벌룬을 타고 내려다보았던 터키 카파도키아의 풍경은 분명 이 세상에 존재할 것이라 생각지도 못했던 비현실적인 장면이었고, 이번 에티오피아 여행 중 도르제 마을이라는 곳에서 소수 민족들과 함께 '아레키'라는 42도짜리 독주를 마시고 취해 호텔로 돌아오다 흥에 못 이겨 일행 전부가 차에서 내려 길바닥에서 30분 동안 춤을 춘 것은 분명 말도 안 되는 행동이었다. 그

일들은 아마도 우리가 여행중이라서 가능했던 것이리라. 말도 되지 않는 음식을 먹는 일 역시 여행이라 가능한 일이 아닐까. 가령 에티오피아에서 회를 맛보는 일 같은.

하와사(Hawasa)의 차모 호수(Chamo Lake). 가이드 데스(Dess)는 이른 아침부터 나를 깨워 호숫가에서 열리는 피시 마켓으로 데려갔다. 시끌벅적한 어시장 풍경을 기대한 나를 반긴 건 쓰레기 가득한 호숫가 풍경이었다. 호숫가에는 생선 난전이 서 있었는데, 가까이 다가가자 비린내와 하수도 냄새가 훅 끼쳐왔다. 사진을 찍으러 가다가 진창에 발이 빠졌는데, 그날 밤 신발을 버려야 했다. 썩는 냄새 때문에 도저히 신발을 방 안에 둘 수가 없었기 때문이었다.

믿을 수 없겠지만 그곳에서 잡은 생선들을 시장 한편에서 회로 뜨고 있었다. 접시 위에 핫소스와 함께 소담하게 담긴 틸라피아 회는 심지어 먹음직스럽게까지 보였다. 데스는 내게 소스를 찍어 한 점 내밀었다. "먹어 봐, 이건 아디스아바바에서는 먹을 수 없는 거야. 호숫가에서만 맛볼 수 있어." 그렇지, 에티오피아는 바다가 없지. 나는 1~2초간 망설였지만 먹기로 했다. 트렁크에 배탈약과 설사약, 아스피린이 있다는 것이 생각났기 때문이다. 눈을 감고 입을 벌리자 뭔가 물컹하고 비린내가 가득하고 매운 것이 혀 위에 얹혔다. 대충 몇 번 씹고는 꿀꺽 삼켰다. 데스는 '어때?'하는 기대감 가득한 눈빛으로 나를 바라보고 있었다. 나는 웃으며 엄지를 치켜세웠다. 굿. 딜리셔스.

"잘 먹었습니다. 오늘도 좋은 공부를 했습니다." 여행자가 이국의 식당에서 가장 먼저 지켜야 할 매너는 웃으며 인사하는 것이 아닐까. 아참, 시장에서 생선 수프도 먹었는데, 고춧가루가 빠진 우리나라 매운탕 비슷한 그 수프는 보온병에 넣어서 가져 다니고 싶을 정도로 맛있었다.

힘든 시절은
다 지나가게 마련이지

포르투갈에 코스타 노바라는 마을이 있다. '새로운 해안'이라는 뜻의 이름을 가진 예쁜 마을이다. 젊은 여행자들 사이에서 인스타그램 성지로 꼽힌다. 일명 '줄무늬 마을'로 알려진 이곳에는 붉은색, 노란색, 파란색 줄무늬로 가득 칠해진 집들이 해안가에 일렬로 늘어서 있다. 영화 세트장 같은 이 건물들 앞에서 여행자들은 갖가지 포즈로 기념사진을 찍는다.

마을이 줄무늬로 칠해지게 된 유래는 이렇다. 마을 앞은 바다, 뒤는 호수가 위치한 이 마을은 늘 습했고 안개가 자주 끼었다. 마을 사람들은 대부분 고기잡이를 생업으로 삼았는데, 가장을 먼바다 대구잡이로 떠나보낸 가족들은 늘 마음을 졸이고 하루하루를 살아야 했다. 그러던 어느 날, 한 집이 집 외벽에 줄무늬를 그려 넣기 시작했다. 이유는 간단했다. 안개 가득한 먼바다에서도 집이 조금이라도 더 잘 보이도록 해 뱃일을 나갔던 사람들이 자기 집으로 돌아오는 길을 잃지 않도록 하기 위해서였다. 이런 까닭에 집들의 줄무늬가 모두 색이 다르다. 각자의 집을 찾을 때 헷갈리면 안 되기 때문이다. 지금도 마을 사람들은 해마다 손수 페인트칠을 한다고 한다.

이들이 바다로 나가 잡아 온 생선은 대구다. 가난했던 포르투갈 사람들은 북대서양까지 나가는 대구잡이 배를 탔다. 낚시로 잡은 대구는 오래 보관하기 위해 바로 소금을 뿌리고 말렸다. 지금 포르투갈에서 가장 유명하고 대중적인 요리 바칼라우는 이렇게 시작됐다.

포르투갈을 여행하면 적어도 이틀에 한 번은 바칼라우를 먹게 된다. 바칼라우는 365개의 요리법이 있어 매일매일 다른 바칼라우를 먹을 수 있다고 한다. 이는 집집마다 비법을 가지고 있다는 뜻이다. 실제로 포르투갈을 여행하며 똑같은 바칼라우를 먹은 적이 없다. 어떤 집은 바삭하게 요리해서 냈고, 어떤 집은 촉촉했다. 어떤 집은 김 가루를 뿌리고 우리나라 죽처럼 비벼 먹기도 했다. 곁들이는 음식으로는 감자가 나오기도 했고 수란을 올리기도 했다.

코스타 노바 바다가 바라보이는 음식점에서 바칼라우를 먹었다. 가이드가 안내해 준 집은 현지인들이 주로 찾는 집이었다. 머리가 하얀 할머니가 바칼라우가 담긴 접시를 내왔다. "할머니의 할머니의 할머니 때부터 이곳의 집들은 줄무늬가 칠해져 있었고 할머니의 할머니의 할머니 때부터 바칼라우를 먹었지" 바칼라우를 언제부터 먹기 시작했는지 묻자 할머니는 이렇게 답하셨다.

그 바칼라우는 포르투갈에서 먹은 바칼라우 중 가장 맛있었다. 부드럽게 으깬 감자 위에 구운 대구가 얌전히 올라가 있었고 그 위에는 수란이 얹혀 있었다. 수란을 깨서 바칼라우를 먹으니 입속에 들어가자마자 사르르 녹아내렸다. 멀리 주방 앞에 서 있던 할머니가 눈을 찡긋했다.

바다로 나간 남편이 무사히 돌아오길 기원하며 집을 예쁘게 칠했고, 가난해서 먹을 게 없어 먹던 대구가 지금은 세계에서 가장 맛있는 요리 가운데 하나가 됐다. 우리도 언젠가는 아빠의 아빠의 아빠 때는 힘들었지, 엄마의 엄마의 엄마 때는 힘들었지 하며 눈을 찡긋할 때가 있을 것이다. 인생은 그런 것이다. 힘든 시절은 다 지나가기 마련이다.

일본 나고야 하면 많은 사람들이 장어덮밥인 히쓰마부시를 떠올린다. '나무 밥통'을 의미하는 '히쓰(櫃)'와 '섞다, 묻히다'라는 뜻의 '마부스(まぶす)'가 합쳐진 말로, '호라이켄'이라는 식당이 장어를 배달하던 그릇이 자주 깨져서 깨지지 않는 나무로 그릇을 만든 데서 시작됐다고 한다. 물론 지금도 영업하고 있다.

호라이켄에서 맛본 히쓰마부시는 소문대로였다. 장어덮밥이 담긴 나무통 뚜껑을 열자 붉은색 양념을 한 장어가 담겨있었다. 그 아래엔 잘 지은 밥이 있겠지. 모락모락 솟아나는 새하얀 김이 '자자, 쳐다보지만 말고 어서 먹어!' 하고 속삭이는 것 같았다. 조심스럽게 한 젓가락 떠서 먹었다. 장어는 혀 위에서 사르르 녹았다. 〈고독한 미식가〉의 작가 구스미 마사유키는 장어덮밥을 두고 "밥과 장어 양의 배분을 걱정하면서 주의 깊게 먹어나가는 즐거움"이라고 했는데 그 표현이 이토록 절묘할 줄이야. 먹을수록 밥과 장어가 줄어드는 게 아쉬울 정도였으니까.

히쓰마부시와 함께 나고야의 명물 요리로 꼽히는 것이 데바사키다. 닭 날개 튀김인데 한국의 치킨과는 스타일이 다르다. 튀김옷

이 얇고 후추와 소금을 잔뜩 쳤다. 처음 만든 곳은 '후라이보'다. 1963년 개발했다. 하지만 대중화시킨 곳은 '세카이노 야마짱'이다. 후라이보 보다 간이 더 세고 조금 더 짜다. 초대 사장은 야마모토 시게오인데 이 사람이 재미있다. 방송이든 잡지든 인터뷰에서 자기는 대놓고 후라이보를 베꼈다고 큰소리치고 다닌다. 그래도 성업하는 것을 보면 미워하는 사람이 없는 모양이다. 대만식 볶음면도 먹었는데 그것 역시 대만에 가 보지 않고 일본에 있는 중국 음식점을 참고해 만들었다고 한다. 맛도 그럴싸했다.

나고야식 아침 식사라는 게 있다. 대단한 건 아니고 커피에 버터나 잼을 바른 토스트 한 조각과 삶은 계란 또는 스크램블 같은 간단한 계란 요리를 곁들이는 것이다. 아침 7시부터 문을 여는 대부분의 카페에서 먹을 수 있는데 오전 11시까지 이 세트를 400엔 내외의 가격에 판다. 11시 이후에는 커피만 400엔을 받는다. 유명한 커피 체인점인 '코메다 커피'가 이 모닝 세트를 제일 먼저 시작했다. 나고야는 팥이 유명해 딸기잼이나 버터 말고 팥을 발라 먹을 수도 있다. 카페에서 신문이나 잡지를 뒤적이며 커피 한 잔과 토스트를 즐기는 나고야 사람들을 보고 있자니 한국 카페에도 이런 세트가 있으면 좋겠다는 생각이 들었다.

나고야에서 먹은 음식들 중 그다지 특별한 건 없다. 장어덮밥과 닭 날개 튀김, 그리고 커피와 토스트. 우리가 한국에서 먹는 그것과 크게 다를 바 없다. 이십 년 가까이 세계를 여행하며 내린 결론은 '사람 사는 데 특별한 거 없다. 다 거기서 거기다'다. 나고야에서도 그랬다.

그런데 '다 거기서 거기다'는 뒤집어 생각하면 '조금씩 다르다'는 말일 수도 있다. 'Same Same But Different'. 같지만 뭔가 다르다. 이 뭔가 다른 걸 발견하는 지점에서 재미가 발생한다. '와, 장어덮밥을 나무 솥에 하고 4등분 해서 먹을 수도 있군.', '우와 닭 날개에 소금과 후추만으로 양념을 하니 이런 맛이 나는군.', '아침 7시부터 11시까지는 커피를 마시면 토스트를 주다니. 그게 바로 나고야식 아침이로군.' 그러니까 조금 다른 걸 발견하고, 인정하고, 즐기도록 합시다. 그럴 때 우리 여행은 한층 풍성해질 것이고 인생은 조금 더 너그러워질 테니까요.

세상과는 무관한

사람이 되었습니다

여행을 떠나왔다는 사실을 가장 잘 실감할 때는 아침이다. 비행기에서 내려 무거운 짐을 끌고 밤늦게 도착한 숙소. 시차 때문에 잠자리를 뒤척이다 겨우 잠들어서는 늦은 시간에서야 겨우 눈을 뜬다. 주섬주섬 창가로 가 커튼을 젖혔을 때 보이는 풍경. 우리가 매일 마주하던 풍경과는 전혀 다른 풍경이 펼쳐진다. 아, 나는 여행을 떠나온 거야.

기지개를 켜고 세수를 한 후 식당으로 간다. 아침 식사를 하기 위해서다. 한국에서 생활할 때는 대부분 거르는 아침 식사지만 여행을 와서는 꼭 챙겨 먹는다. 어느 소설가가 호텔에 가면 조식을 먹는 이유를 '객실료에 이미 포함되어 있기 때문'이라고 했는데, 아니라고는 말하지 못하겠다.

식당 입구에서 직원에게 방 번호를 말하면 자리로 안내한다. 커피를 주문한 후 식당을 둘러본다. 세계 각국에서 온 사람들이 아침 식사를 하고 있다. 비즈니스 정장 차림의 남자는 급히 샌드위치를 먹고 있고 여행을 떠나온 것이 분명한 노부부는 지도를 보며 샐러드와 오트밀을 천천히 먹고 있다. 베이컨과 소시지, 감자 으깬 것,

스튜, 파스타, 브로콜리, 오트밀, 올리브, 갖가지 채소와 샐러드 등이 담긴 그릇이 식당 한쪽에 말끔하게 정렬되어 있다.

여행지에서의 첫 아침 식사는 언제나 크루아상과 올리브 세 알이다. 여행작가가 된 이후 지키고 있는 루틴이다. 지금까지의 경험상 인도나 부탄, 에티오피아 등 특별한 여행지를 빼곤 호텔 조식에 이 두 가지 음식이 없는 경우는 거의 없었던 것 같다.

하얀 도자기 접시에 크루아상 하나와 올리브를 담은 후 자리로 돌아와 커피 한 잔을 마신다. 호텔 조식 식당의 커피는 이상하게도 맛이 대부분 비슷하다. 맛은 밍밍하고 향은 약하다. 약간의 탄내도 섞여 있다. 어쨌든 커피 한 모금을 마신 후 크루아상을 베어 문다. 나는 빵에 대해서는 잘 모르지만 크루아상에 대해서만은 까다로운 기준을 가지고 있다. 잘 만든 크루아상은 버터가 밀가루 사이에 완벽하게 스며들어야 하고 한 입 베어 물면 겉이 와사삭 부서지면서 빵 속에 숨어 있던 버터 향이 콧속을 가득 채워야 한다. 좋은 호텔은 아침 식사로 좋은 크루아상을 내는 곳이라고 믿고 있다.

고소하고 풍부한 버터 향이 입속 가득 퍼지기 시작하면서 마음이 느긋해지고 평화로워진다. 낯선 여행지에서 첫 아침 식사로 커피와 크루아상을 먹는 일, 그건 내게 어떤 의식과도 같다. 미신이기도 하다. 부드러운 크루아상을 먹다 보면 이번 여행이 아무 탈 없이 무사히 끝날 것 같다는 믿음이 생긴다. 그건 타자들이 타석에 들어서서 헬멧을 툭툭 치거나 배트를 머리 위로 돌리는 루틴과도 같다.

크루아상을 다 먹은 후 올리브를 먹는다. 올리브는 일종의 보험이다. 여행에서 가장 골치 아픈 일은 아픈 것이다. 일본에서는 아침의 매실 한 알이 하루를 편안하게 한다는 말이 있는데, 나는 아침의 올리브 세 알이 낯선 음식으로부터 하루의 여행을 안전하게 만들어 준다고 믿는다.

크루아상과 올리브를 다 먹고 커피를 한 잔 더 주문한다. 이제 나는 여행을 떠나온 2주일 동안 내가 생활하고 있었던 '저쪽 세계'의 여러 가지 골치 아픈 일과는 전혀 무관한 사람이 되었다.

그곳에는 그곳에

맞는 삶의 방식이 있죠

지금 내가 있는 곳은 중국 천저우다. 천저우는 후난성에 자리한 도시로 아직 우리에게는 잘 알려져 있지 않다. 하지만 이곳은 망산 국립공원과 동강이 관광지로 중국인들에게는 잘 알려져 있다. 중국은 관광지를 역사와 문화적 가치에 따라 A~5A로 나눠 등급을 매기는데 동강은 5A급이다. 장자제, 만리장성, 진시황 병마용 등이 5A급이니 동강이 얼마나 매력적인 여행지인지 가늠할 수 있을 것이다.

뭐니 뭐니 해도 중국 여행의 가장 큰 즐거움은 먹는 일이다. 매운 사천요리, 다양한 종류의 광둥요리, 해산물이 맛있는 상하이요리가 우리에게 잘 알려져 있다. 반면 후난요리는 아직 낯설다.

이번 여행에서 천저우 인근 지역을 다니며 다양한 음식을 맛보았는데, 가장 기억에 남는 음식은 연어회다. 중국에서는 몸에 좋지 않다고 생각해 날음식을 잘 먹지 않으며, 고기는 물론 채소도 익혀 먹는다. 천저우에서 먹는 연어회는 심지어 민물 연어로 크기는 일반 연어와 비슷하고, 몸 색깔이 선명한 분홍빛이다. 주문과 동시에 수족관에서 살아 있는 연어를 꺼내 바로 회로 뜨는데, 지느

러미와 머리는 탕으로 끓여 내고 뼈는 튀김으로 낸다.

천저우 회는 우리가 먹는 노르웨이산 양식 연어에 비해 두께가 반 정도로 얇지만 식감은 훨씬 쫄깃하고 맛은 크게 다르지 않으며 고추냉이를 푼 간장에 찍어 먹는다. 연어탕은 장어탕과 맛이 비슷하며 기름기가 많고 구수한 맛이 진하다.

후난요리는 은근히 맵고 짜다. 오리고기볶음, 돼지고기절임, 채소볶음, 두부조림 등 주안판(빙글빙글 돌아가는 원형의 식탁)을 가득 채운 요리는 우리나라 사람 입맛에 잘 맞아 함께 여행을 한 일행들이 끼니마다 맛있다고 엄지손가락을 치켜세울 정도다. 중국 3대 요리로 사천·광둥·상하이요리를 꼽지만 후난요리도 이에 뒤지지 않는다.

후난요리의 독특한 점은 상에 밥 대신 삶은 소면이 오르는데, 우리가 흔히 먹는 국수와 똑같다. 양념 없이 삶기만 한 소면이 대접에 가득 담겨 나오고, 젓가락으로 국수를 건져내 요리와 함께 먹는다. 중국에서는 처음 대하는 음식 풍경이었다.

소면이 오르는 이유는 맵고 짠 후난요리를 먹기 위해 소면으로 간을 맞추기 위해서였다. 후난성은 이모작이 가능해 쌀이 풍부한 반면 밀가루가 귀해 손님이 왔을 때 귀한 밀가루로 만든 국수를 내는 전통이 이어졌고, 국수가 대중화되면서 일반적인 음식으로 자리 잡은 것이다.

언제나 여행을 하면서 음식을 맛보고 깨닫는 것은 어떤 곳이든 그 곳에 맞는 가장 맛있는 방법과 방식이 있다는 것이다. 천저우에서 연어회를 먹고 소면을 먹는 것도 이와 다르지 않다. 사는 것도 마찬가지 아닐까. 북유럽에는 북유럽에 맞는 삶의 방식이 있고, 동남아시아에는 동남아시아에 맞는 삶의 방식이 있다. 틀리지 않고 다를 뿐이다.

인생은 마치
카페 쓰어다처럼

커피를 좋아한다. 하루에 예닐곱 잔은 마신다. 가장 좋아하는 커피는 새벽 4시, 노트북 앞에서 초콜릿 한 조각과 함께 마시는 에스프레소다. 모카 포트에서 뽑아낸 진한 에스프레소와 함께 노트북 앞에 앉아 원고를 재촉하듯 깜빡거리는 커서를 바라고 보고 있으면 '자, 오늘도 뭐라도 써야지'하는 마음이 생겨난다. 나는 에스프레소 한 모금을 마시고는 키보드 위에 손을 올려놓는다. 이후 잠자리에 들 때까지 틈틈이 커피를 마신다. 에스프레소가 있으면 좋지만 없어도 상관없다. 종류는 가리지 않는다. 아메리카노, 라테, 플랫 화이트, 자판기 커피, 편의점 커피, 커피믹스 뭐든 좋다.

그동안 여행작가로 세상 이곳저곳을 여행하며 다양한 커피를 마셨다. 세계 최초로 커피를 발견한 에티오피아 카파에서 마신 커피, 시칠리아의 시골 바에서 마신 에스프레소, 터키 이스탄불에서 마신 터키 스타일 커피, 호주의 플랫 화이트, 오스트리아 비엔나의 멜랑주, 연유를 잔뜩 넣은 베트남의 카페 쓰어다, 두바이에서 마신 향신료를 넣은 아랍식 커피의 맛이 혀에 또렷하게 남아 있다.

지금까지 마신 이 많은 커피 중에 가장 기억에 남는 커피를 꼽으라면 베트남 하노이에서 맛보았던 카페 쓰어다다. 2006년 여름 어느 오후, 나는 어리둥절한 표정으로 하노이 B역에 커다란 배낭을 메고 서 있었다. 신문과 잡지에서의 여행기자 생활을 접고 여행작가로서 처음으로 떠난 배낭여행. 나는 사막에 불시착한 남극의 펭귄처럼 우두커니 서 있었다. 거리를 떠도는 자극적인 음식 냄새와 매캐한 매연이 코를 찔렀고 사방에서 튀어나오는 오토바이는 정신을 쏙 빼놓았다. 날씨는 또 왜 그렇게 더운지. 가만히 서 있어도 땀이 줄줄 흘러내렸다. '아, 도대체 어디로 가야 하고 뭐부터 해야 하지?' 어디 시원한 데 앉아 정신부터 차리자는 생각에 눈에 띄는 노천카페로 들어가 커피를 시켰다. 종업원이 물었다. "베트남 스타일 오케이? 위드 아이스?"

종업원이 갖다 준, 커피가 담긴 유리컵 바닥에는 하얀 연유가 두껍게 깔려 있었다. 이게 베트남 스타일이군. 나는 빨대로 컵을 한 바퀴 휘저은 다음 한 모금 마셨다. 강한 쓴맛, 뒤이어 달콤한 맛이 따라왔다. 입속은 쓴맛과 달콤한 맛이 어울려 폭죽이 터지는 것 같았다. 그때의 기분을 정확하게 표현할 단어가 지금 내겐 없다. 다만 지금도 기억하고 있는 건, 그 첫 모금을 마시는 순간, 8년 동안 다녔던 회사를 그만두길 잘했고 여행을 직업으로 갖게 된 것이 정말 행운이라는 생각이 들었다는 것. 하노이 B역 노천카페의 달콤한 쓰어다 한 잔은 내 여행작가 생활의 시작을 축복해 주는 것만 같았다.

다른 일과 마찬가지로 여행작가 일 역시 쉽지만은 않다. 자주 힘들고 그만두고 싶을 때가 많다. 그럴 때면 하노이에서 마셨던 커피를 떠올리며 묵묵히 짐을 꾸린다. 인생이 맨날 쓰기만 하겠어? 그렇다고 인생이 달콤하기만 하겠어? 인생은 마치 카페 쓰어다 같다. 때론 쓰고 때론 달다.

그러니 인생은

얼마나 공평한가

몇 해 전 이탈리아 마르케를 여행한 적이 있다. 동북부에 자리한 주로 푸른 아드리아해와 마주하고 있다. 열흘 동안 마르케를 여행하며 수비드로 요리한 송아지 스테이크와 야생 사과로 만든 잼, 나무 오븐에 구운 빵, 염소 치즈를 얹은 파스타를 먹었다. 밀가루 1킬로그램당 계란 노른자 40개를 넣어 반죽한 탈리아텔레는 부드러운 식감과 풍미가 일품이었다. 이탈리아의 찬란한 햇살 아래에서 마시는 와인은 인생이 일만 하며 보내기엔 너무 짧다는 사실을 깨닫게 해 주었다. 누군가는 이런 멋진 날씨 속에서 이토록 맛있는 음식을 먹으며 여유로운 인생을 살아가고 있구나. 그러니 인생은 얼마나 불공평한 것인가.

지금은 오스트리아 잘츠부르크에 와 있다. 모차르트가 태어난 도시다. 그의 생가는 하루 종일 관광객들로 붐빈다. 날씨는 좋지 않다. 하루 종일 추적추적 비가 내린다. 우산을 쓰고 걷다 지치면 카페에 들어가 아인슈페너를 마신다. 크림을 듬뿍 얹은 커피다. 오스트리아에 오면 으레 마시는 커피지만, 오스트리아가 아니라면 굳이 마시고 싶지 않다. 커피에 왜 크림을 얹어야 하는 것일까. 그다지 권할 맛은 아니다.

잘츠부르크에 온 지 벌써 나흘째다. 그동안 많은 음식을 먹었다. 모차르트의 피가로의 결혼을 들으며 먹었던 '모차르트 디너'. 치즈 덩어리를 넣은 수프가 나왔는데 너무 짜서 입에 대기 어려울 정도였다. 그래도 직접 듣는 모차르트는 너무 좋았다. 스키 곤돌라를 타고 올라간 해발 2천 미터 오두막집에서는 팬케이크를 잘게 썰어 넣은 수프를 먹었다. 수프에 팬케이크를 넣을 생각을 왜 한 것일까. 그래도 눈 앞에 펼쳐진 알프스의 장관이 수프 속에서 퉁퉁 불은 팬케이크의 끔찍함을 잊게 해 주었다.

그리고 슈니첼. 송아지 고기를 망치로 두들겨 연하게 만든 다음 밀가루와 달걀 등을 묻혀 튀긴 요리다. 오스트리아를 대표하는 돈가스 비슷하다고 보면 된다. 슈니첼은 매일 먹고 싶은 음식은 아니었지만 그래도 취재니까 어쩔 수 없이 먹어야 했다. 그래도 세 번이나 먹었다. 감자튀김 위에 마른 수건처럼 놓여 있는 슈니첼을 나이프로 자를 때마다 나는 일본 가고시마에서 먹었던 흑돼지 돈가스를 떠올렸다. 두툼한 지방과 살코기가 어울린 고소한 맛을 혀끝으로 떠올리며 한국에 돌아가자마자 돈가스집부터 가야겠다고 생각했다.

알프스의 눈부신 풍경 앞에서 모차르트를 들으며 먹는 슈니첼. 하지만 고기는 질겨서 가끔 나이프가 어긋나기도 했다. 결국 세 번째 슈니첼은 반쯤 먹다 포기해야만 했다. 그나마 시원한 맥주가 위안이었다. 그러니 인생은 얼마나 공평한가. 어떤 이들은 이토록 아름다운 풍경 앞에서 마른 낙엽 같은 음식을 먹고 있으니 말이다.

비가 와도 좋았다
포르투갈이니까

비, 비, 비. 비가 내렸다. 첫날부터 마지막 날까지 비가 내렸다. 포르투갈 리스본에서 시작해 에보라와 몬포르테, 마르바오, 파티마, 토마르, 코임브라, 코스타 노바, 아베이루, 나자레를 거쳐 다시 리스본으로 돌아오는 8일간의 일정 동안 단 한 평의 푸른 하늘도 볼 수 없었다. 비는 때로 추적추적 내렸고, 부슬부슬 날렸고, 와당탕 쏟아졌고, 주르륵주르륵 흘러내렸다. 딱 하루, 리스본에서의 마지막 날 오전, 하늘은 '심심한' 위로라도 보내는 듯 눈부시게 푸른 하늘을 잠깐 보여주었다. 이십 년 가까이 여행작가 생활을 하며 이처럼 나쁜 날씨 운은 처음이었다. '포르투갈 소도시 여행'이라는 낭만적인 주제로 떠나는 취재 여행. 카메라도 한 대 챙겼고 렌즈도 2개나 더 넣었지만 카메라를 꺼낼 마음도 들지 않았다.

그래도 좋았다. 포르투갈이었으니까. 비가 내려도, 아니 비가 내려서 더 좋았다. 오랜만에 사진 욕심 내려놓고 느긋한 마음으로 여행을 즐겼다. 비를 피한다는 핑계로 카페로 뛰어 들어가 에스프레소를 마셨고, 비가 온다는 핑계로 낮부터 와인 잔을 기울였다. 커피는 더 진했고 와인은 더 향기로웠다. 카메라를 내려놓으니 포르투갈이 더 깊이 그리고 더 자세히 다가왔다.

포르투갈 소도시 여행의 첫 번째 도시는 에보라(Evora). 어느 여행자가 그랬다. "한 번 들은 여행지는 정보가 되지만 두 번 들으면 가야 하는 곳이 된다"고. 그 여행자는 스페인의 코르도바가 그랬고 포르투갈의 에보라가 그랬다고 했다. 그래서 그는 리스본에서 에보라로 곧장 버스를 타고 갔다고 했다.

에보라에 도착하니 그 여행자의 말이 비로소 이해가 됐다. 붉은 지붕의 아담한 건물들이 레고 블럭처럼 오밀조밀 모여 있는 인구 15만의 중소 도시 에보라. 로마 시대의 신전 건물과 대성당 그리고 해골 성당으로 유명하다. 이곳에서 이번 포르투갈 여행의 처음이자 마지막 노을을 본 것 같다.

에보라는 하루쯤 머물며 느긋하게 여행하고 싶은 도시다. 도시는 길이 약 6km의 성벽에 둘러싸여 있다. 가장 큰 볼거리는 아크로폴리스언덕에 있는 디아나 신전. 2세기 말에 세워졌는데 현재는 콜로네이드만 남아 있다. 상프란시스쿠 성당에 있는 '해골집'으로 불리는 예배당도 볼 만 하다. 내부는 실제 사람의 해골로 빼곡하다. 약 5천 명분의 해골이라고 한다. 유럽에는 해골 성당이 여러 곳에 있다. 로마에도, 체코에도 있다. 중세 유럽에 흑사병이 만연할 때 사람들은 성당으로 피할 곳을 찾아 모여들었고, 그러다 보니 묘지도 부족해 이런 성당이 만들어졌다.

포르투갈에서 많은 식당을 찾았지만 가장 기억에 남은 레스토랑은 에보라에서 들렀던 미스터 픽윅(Mr. Pickwick)이다. 에보라 현지인들이 찾는 아주 작은 레스토랑인데 에보라에서 생산되는 와인만 취급한다. 포르투갈의 와인은 저렴한 편이다. 식당에서 5유로 정도 되는 와인만 시켜도 아주 훌륭하다. 우리에게 잘 알려져 있지 않지만 포르투갈은 와인 강국이다. 12세기부터 원산지 통제제도를 시행할 만큼 와인에 대한 자부심이 강하다. 특히 북쪽 지방의 도루 지역이 와인으로 유명하다. 포르투갈 와인은 DOC(최고등급 와인), IPR(프랑스의 AO-VDQS에 해당하는 고급 와인), VR (테이블 와인 중 산지 표기가 가능한 지역, 프랑스 Vdp급), VdM(원산지 표기가 없는 테이블 와인)으로 나뉘는데 이 식당에는 VR과 VdM 등급 와인이 리스트에 올라 있었다.

포르투갈의 여러 소도시들 가운데 한국인들이 가장 많이 찾는 곳은 파티마(Fatima)다. 파티마는 성모 마리아 발현지로 매년 400만 명 이상의 순례자가 찾는 가톨릭 3대 성지중 하나다.

100년 전, 포르투갈의 작은 시골 마을. 놀고 있는 세 아이 앞에 한 여인이 나타나 자신이 성모라고 말한다. 아이들은 사람들 앞에서 그 여인을 이렇게 표현했다. "그 사람은 어느 곳에서도 본 적이 없는 아름다운 여인이었습니다. 수정 유리보다 더 강하고 밝은 빛을 쏟아내는 찬란한 옷을 입고 있었어요." 여인은 누구냐고 묻는 아이들에게 스스로 성모라고 말했다. 양을 치며 놀던 일곱 살, 아홉 살, 열 살짜리 아이들 셋이 하나같이 이렇게 말했다. 아이들이 거짓말을 꾸며낼 이유가 없는 데다 말이 모두 일치했다. '끝자락을 별들로 장식한 드레스'를 입은 마리아가 여섯 번이나 매월 약속한

날짜에 나타났고 몰려든 수만 명의 군중 앞에서 우주 쇼에 가까운 이적을 일으켰다고도 한다. 파티마는 바티칸에서 인정한 세계 3대 성모 발현지 중 한 곳이다.

파티마 대성당은 웅장하고 거대하다. 하지만 그 옆의 작고 유리로 지어진 것이 성모의 발현 장소에 세운 것이다. 새벽부터 저녁까지 파티마를 찾은 사람들을 위해서 미사가 진행된다.

토마르(Tomar)도 기억에 남는 곳이다. 리스본에서 기차로 1시간 반 정도 걸린다. 이곳의 크리스투(그리스도) 수도원은 고색창연한 역사가 벽마다 아로새겨진 곳. 1119년 만들어진 템플기사단의 본부가 있었다. 템플기사단은 이슬람 세력으로부터 순례자를 보호한다는 명분으로 예루살렘에서 설립됐다. 그리고 1139년 아폰수 1세가 포르투 칼레 지역에서 이슬람 세력을 몰아내고 나라를 세웠는데 그 중심 도시가 포르투(Porto)였다. 포르투갈이라는 나라 이름은 여기에서 시작됐다. 막강한 군사력과 경제력으로 유럽을 지배하던 템플기사단은 1307년 프랑스 왕 필리프 4세에 의해 지도부가 화형당하며 역사에서 사라졌다. 크리스투 수도원은 여러 세기에 걸쳐 만들어진 탓에 마누엘, 로마네스크, 바로크, 고딕 등 다양한 건축 양식이 공존한다. 마을도 기사단의 등장과 함께 생겨났다.

수도원에 복도는 무덤이다. 실제로 바닥에는 관 사이즈 만큼 선이 그어져 있다. 바스쿠 다가마의 사촌도 여기 묻혔다고 한다. 미사 공간 가운데 8개의 기둥이 서 있는데 그중 한쪽 벽이 뜯겨 있다.

이는 나폴레옹이 쳐들어왔을 때 프랑스인들이 보물을 훔쳐 간 흔적이다. 물론 아직도 돌려주지 않고 있다.

아베이루(Aveiro)와 코스타 노바(Costa Nova)는 동화 속에나 나올 법한 아름다움으로 감탄사를 쏟아내게 하는 마을이다. 물론 비가 내렸지만, 빗줄기도 이 마을의 아름다움을 감추지 못했다.

포르투 상벤투 역에서 도시철도를 타고 갈 수 있는 작은 도시 아베이루. 이 도시의 별명은 '포르투갈의 베네치아'다. 별명에서 알 수 있듯 운하가 도시를 에스(S)자로 관통하고 있다. 거대한 석호와 바다 사이에 자리 잡은 아베이루 사람들은 염전과 수초를 생의 수단으로 삼았다. 주민들은 염전에서 캐낸 소금과 호수에서 건져 올린 수초를 옮기기 위해 운하를 만들었다. 몰리세이루(Moliceiro)는 소금과 수초를 실어 나르던 배로 '수초를 잡은 남자'라는 뜻이다. 베네치아의 곤돌라보다 화려한 색감을 자랑한다.

몰리세이루를 타면 입담 좋은 가이드가 운하를 따라가며 보이는 건물에 대해 설명해 준다. 운하 옆에는 아르누보 건물이 꽤 많은데, 과거 소금으로 돈을 번 상인들이 부를 과시하기 위해 건물을 화려하게 꾸몄기 때문이라고 한다. 가난한 어부들은 짙은 원색으로 소금 창고를 칠했다.

카르카벨로스 다리 주변에 소금 창고가 줄지어 서 있는데 지금은 대부분 레스토랑으로 운영된다. 이곳의 '오 바이루 레스토랑'(O

Bairro Restaurant)에서 맛본 바칼라우(bacalhau) 요리는 포르투갈에서 먹은 것 중에서 가장 맛있었다.

아베이루 근교 코스타 노바는 포르투갈의 인스타그램 성지로 꼽힌다. 일명 '줄무늬 마을'로 알려진 이곳에는 노란색, 파란색, 붉은색 등의 줄무늬로 가득한 집들이 시선을 사로잡는다. 코스타 노바는 '새로운 해안'이라는 뜻이다.

포르투갈 소도시 여행의 마지막 일정은 나자레(Nazare)와 코임브라(Coimbra). 포르투갈의 850km 이상 연결되어 있는 해안가를 자랑하는데 이 중 나자레는 세계에서 가장 높은 파도가 일어나는 곳. 전 세계 서퍼들이 이 파도를 타기 위해 몰려든다. 해안가에 들어서면 할머니들이 무릎까지 내려오는 전통 의상인 7겹 치마에 긴 양말을 신고 견과류를 판다. 할머니들의 견과류 노점 뒤편은 수베르쿠 전망대. 이곳에서 바라보는 나자레의 해변 뷰는 그야말로 예술이다. 절벽 아래로 푸른 바다가 끝없이 펼쳐진다. 사진을 찍고 있노라면 바위 위에 갈매기가 다가와 자연스럽게 포즈를 취해준다. 수베르쿠 전망대에서 등대 쪽으로 향하면, 서퍼들이 경기를 펼치는 해변이 나온다. 이 해변은 미국인 서핑 선수 가렛 맥나마라가 20m가 넘는 파도타기에 성공하면서 유명해졌다.

리스본과 포르투 사이에 있는 코임브라는 코임브라 대학으로 유명하다. 포르투갈에서 가장 오래된 대학으로 1290년 세워졌다. 17세기에 지은 정문을 들어서면 넓은 광장이 펼쳐진다. 이 광장에서 쉽게 볼 수 있는 사람들은 검은 망토를 두른 학생들. 영화 〈해리포터〉 시리즈가 자연스럽게 떠오른다. 실제 영화의 원작자 조앤 롤링은 이 대학에서 많은 영감을 얻었다고 한다. 바로크 양식으로 지어진 조안니나 도서관(Joanine Library)에는 16~18세기 책 30만 권이 보관되어 있다.

리스본은 포르투갈 여행의 시작이자 마지막이다. 포르투갈을 찾은 여행자들은 리스본에서 여행을 시작하고 리스본에서 여행을 마무리한다. 리스본은 영어식 표기이고 포르투갈인들은 리스보아라고 말한다. 7개의 언덕으로 이뤄진 도시인 리스본은 도시 전체가 유적지다. 한때 이베리아 반도를 점령했던 무어인들이 지은 상조르제 성에 오르면 붉은 지붕을 인 건물들이 다닥다닥 붙어있는 리스본의 전경이 한눈에 들어온다.

알파마 지구를 걷다 보면 한 달쯤 살고 싶은 생각이 절로 든다. 노란색 트램이 종을 울리고 지나가는 거리, 문을 열고 훌쩍 들어간 카페에는 동네 주민들이 신문을 보며 커피를 마시고 있다. 커피 한 잔과 에그 타르트 세트가 겨우 1.4유로. 2천 원도 채 하지 않는다.

햇살이 드는 창가에 앉아 달콤한 에그 타르트와 커피를 마시고 있노라면 이런 게 진짜 인생이 아닐까 하는 생각이 든다. 맛있는 음식을 먹고 사랑하는 사람과 햇살이 드는 창가에 앉아 커피 한 잔을 마시는 시간. 이게 인생이 아니라면 도대체 인생은 뭐란 말인가. 밖으로 트램이 종을 댕강댕강 울리며 느리게 지나가고 있다.

내가 새벽 거리를
걷는 일 또는
여행을 떠나는 일

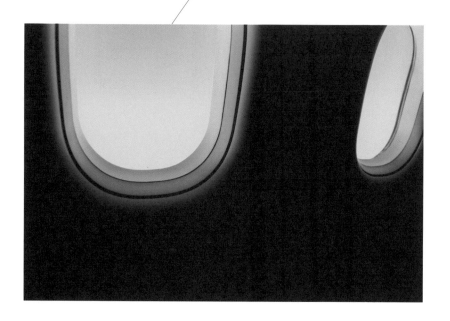

여행을 자주 한다. 한 달에 한 번 또는 두 번, 많게는 세 번도 한다. 여행을 '간다'라고 하지 않고 '한다'라고 표현한 건 일로 여행하기 때문이다. 나는 직업이 여행작가이기 때문에, 그래서 여행을 가서 '콘텐츠'를 만들어 와야 하기 때문에 여행을 '한다'라고 말할 수밖에 없다. 일은 '한다'라는 동사와 함께 써야 하니까.

가끔 아니 거의 매번, 여행을 '하러' 가서 여행을 '가고' 싶다고, '떠나고' 싶다고 생각한다. 라오스 루앙프라방의 탁발 행렬을 보며, 몰디브의 눈부신 해변을 걸으며, 프라하 카를교의 재즈 버스킹을 보며 나는 여행을 '가고(떠나고)'싶은 강렬한 열망에 휩싸이곤 했다. 카메라와 취재 수첩을 내려놓고 청바지 주머니에 손을 찔러 넣고 신발 뒤축을 구겨 신고 느릿느릿 골목을 걷고 싶었다.

이십 년 가까이 여행작가로 살아오며 나는 누구보다 여행과 동떨어진 삶을 살아왔다(고 자부한다). 탄성이 나오는 장관 앞에서 노출을 재며 사진을 찍었고, 프레임에서 북적이는 관광객들을 걷어 내고 사진을 찍기 위해 애써야 했다. 현지인 또는 여행자들과 인터뷰를 했으며, 5성급 호텔에서 묵지 않으면서도 호텔 매니저의 안

내를 받아가며 인스펙션을 했다. 미슐랭 레스토랑에서 식사를 하며 취재 수첩에 음식의 이름과 맛을 메모하기에 바빴다. 숙소로 돌아와서는 시차 때문에 졸린 눈을 비벼가며 잡지와 신문에 보낼 원고를 마감하고 자판을 두드렸다. 여행지에서 여행지로 이동하는 버스와 기차간에서 쪽잠을 자며 여행을 했다.

여행이 하기 싫었다. 이해가 안된다고? 회사원이 회사에 가기 싫어하는 것과 같다고 하면 이해가 빠를 것이다. 단도직입적으로 말해 여행작가는 여행을 하기 싫어한다. 그러다 몇 해 전, 여행이 지긋지긋해진 내게 커다란 사건이 일어났다. 체코 프라하에서 헝가리 부다페스트로 가는 야간열차 안에서 카메라를 몽땅 도둑맞은 것이다. 눈을 떠보니 카메라 2대와 렌즈 4개, 스트로보가 담긴 가방이 사라지고 없었다. 아직 날도 밝지 않은 이른 시간, 부다페스트 중앙역에 내려 나는 사막에 불시착한 펭귄처럼 망연자실한 표정으로 서 있었다. '글루미 선데이'의 우울한 멜로디가 배경 음악으로 나오고 있었다.

트렁크를 끌고 호텔로 가며 '뭐, 어떻게든 되겠지' 하고 생각했다. 어떻게든 되겠지. 낙천적이지 않고서는 여행작가로 살아가기 힘들다. '각자의 인생에는 각자가 감당할 수 있는 일만 일어난다', '오늘이 나쁘다고 내일까지 나쁘란 법은 없다', '우리를 성장시키는 건 비관이지만 앞으로 나아가게 하는 건 낙관이다' 등등. 여행을 하며 가슴 깊이 새긴 문장은 이런 것들이다. 길을 잘못 들어도, 호텔이 엉망이어도 '뭐 어떻게 되겠지'하며 견뎌야 하는 게 여행작가가 된 마음가짐이다. 모든 일은 좋은 방향으로 흘러가고 있다고 믿어야 한다.

아무튼 부다페스트에서 나는 여행작가 된 지 거의 십칠 년 만에 아주 가벼운 여행자로서의 몸을 가지게 되었다. 호텔에 트렁크를 던져 놓고 후드 집업에 청바지를 입고 운동화를 신고 거리로 나섰다. 손에는 비상용으로 가져온 소니 똑딱이 카메라를 달랑거리며 들고서 말이다.

호텔 밖을 나서자 분명하고 새로운 여행이 시작됐다. 거리에는 지금까지 내가 여행지에서 맡았던 공기와는 전혀 다른 감촉의 공기가 떠다니고 있었다. 나는 크게 심호흡을 했고 부다페스트의 새벽 공기가 내 폐 속으로 밀물처럼 밀려 들어왔다. 신선했고 자유로웠으며 경쾌하고 강렬했다. 조금 유치한 표현이지만 아, 이게 여행의 향기군, 하는 생각이 들었다. 불과 두 시간 전 1천5백만 원이나 되는 장비를 도둑맞았다는 생각 따위는 1그램도 들지 않았다.

새벽 거리를 걸었다. 주먹만 한 돌이 깔린 길바닥은 깊고 어두운 색으로 반질거렸다. 보도 위를 서성이던 비둘기들은 여행자를 위해 기꺼이 몸을 비켜 주었다. 거리 끝에서 불어오는 바람에서는 돌의 향기가 났다. 갑자기 이런 여행의 순간을 만나게 될 줄이야. 나는 아무런 감정의 준비도 되어있지 않았지만 크게 당황스럽지는 않았다. 마치 오래전부터 이런 순간을 기다려 왔다는 듯 거리를 걸으며 모든 것을 즐겼다. 햇살은 바닥에서 벽을 물들이며 점점 차오르고 있었고 거리는 조금씩 황금빛으로 물들어가기 시작했다. 그 황금빛의 너머에서 사람들이 걸어왔다. 출근을 서두르는 사람들이었다. 어깨를 움츠린 그들은 어딘가를 향해 빠른 걸음으로 가고 있었다. 누구도 이방인에게 신경쓰지 않았다. 트램은 댕강댕강 종을 울리며 느리게 도로의 한 가운데를 지나갔고 말을 탄 동상의 주인공은 동이 터오는 먼 하늘을 향해 창을 높이 치켜들고 있었다.

모퉁이를 돌아 또 다른 골목으로 접어들었다. 잎을 떨어트린 가로수들은 쓸쓸했지만 충분히 아름다웠다. 누군가 그 가로수 사이를 자전거를 타고 빠르게 달렸다. 개를 끌고 산책하는 노인은 두툼한 목도리를 두르고 있었다. 그의 뒷모습을 보며 이 거리의 겨울이 궁금해졌다. 노인이 사라지자 어디에선가 세탁비누 향이 풍겨왔다. 샴푸 냄새일 수도 있었다. 아마도 지금 이 도시의 사람들 중 적어도 삼분의 일은 머리를 감거나 칫솔질을 하거나 비누로 얼굴을 씻고 있겠지. 도시는 부스스한 표정의 피곤한 얼굴로 깨어나고 있었지만 나는 그 풍경이 조금도 싫지 않았다. 멀리 성당의 종소리가 날아와 내 발치에 떨어졌다. 아주 친밀한 광경이었다.

다시 한번 모퉁이를 돌자 조그마한 카페가 나타났다. 조심스럽게 안을 들여다보았다. 가게 안에는 몇몇 사람들이 커피를 마시고 있었다. 샌드위치를 앞에 두고 신문을 읽는 중년의 남자 얼굴에는 아무 표정이 없었다. 우리가 서울에서 흔히 만나는 직장인의 얼굴과 똑같았다. 나는 조심스럽게 문을 열고 들어갔다. 주인은 신경쓰지 않았다. 나는 자연스럽게 빈자리에 앉았고 집게손가락으로 커피 잔을 쥐는 시늉을 한 뒤 입으로 가져가며 '에스프레소 더블'이라고 나지막이 말했다. 주인은 왼쪽 눈을 찡긋하며 고개를 끄덕였다.

카페에서 똑딱이 카메라를 꺼내 사진 한 컷을 찍었다. 아무도 내게 관심을 기울이지 않았다. 카페를 나와 호텔로 돌아가며 사진 두세 컷을 찍었다. 밀가루처럼 부드러운 질감의 빛이 내 앞에 기다리고 있었고 그 빛들은 벽과 길과 사람들의 어깨를 부드럽게 감싸 안고 있었다. 나는 그 빛들이 상하지 않도록 아주 얇고 부드러운 붓으로 조각에 묻은 먼지를 털어내듯 조심스럽게 셔터를 눌렀다.

부다페스트의 그 날 새벽 이후 여행을 하러 갈 때마다 똑딱이 카메라를 들고 새벽 거리로 나섰다. 프라하, 리스본, 더반, 쿠스코, 이스탄불, 도쿄에서 나는 새벽 거리를 걸었다. 소매치기며 강도며 나쁜 놈들은 모두가 곯아떨어져 있을 시간이었다. 관광객들도 아무도 보이지 않았다. 나는 새벽의 거리를 걸으며 안심했고, 새벽의 거리를 걸을 수 있어 안도했다. 거리의 빛은 셔터를 누르기에 충분했고, 현지인은 아무도 나를 신경 쓰지 않아 여유로웠다.

나는 새벽의 거리를 렌즈에 담았다. 새벽 여섯 시의 거리는 오전 열 시의 거리보다 훨씬 아름다웠다. 빈자리가 드문드문 있는, 현지인들이 앉아 커피를 마시는 카페는 비로소 카페 같았다. 여행을 하러 와서 나는 새벽마다 여행을 '갔다'. 새벽 거리를 걷는 것은 여행을 '하러' 온 내가 잠시 여행을 '떠나는' 방법이다.

잘 계세요. 내 인생

초판 1쇄 발행 2020년 5월 31일

지은이 최갑수
펴낸이 안영숙
디자인 형태와내용사이

펴낸 곳 보다북스
등록 2019년 2월 15일 제406-2019-000013호
주소 경기도 파주시 경의로 1100
전화 031-941-7031
팩스 031-624-7031
메일 bodabooks@naver.com
페이스북 facebook.com/bodabooks
인스타그램 bodabooks

ISBN 979-11-966792-2-4 03810